リージング アイ

華藤えれな

幻冬舎ルチル文庫L

CONTENTS ✦目次✦

✦カバーデザイン＝小菅ひとみ（CoCo.Design）
✦ブックデザイン＝まるか工房　kotoyo design

イラスト・雪舟　薫✦

Freezing Eye

「好きだ」と、男に言われた。

初夏の夕暮れのことだった。

入院中の社長を見舞った帰り道に、廊下《ろうか》で呼び止められて……。

同性から告白されるのは初めてのことではない。国内でもたまに声をかけられることがあるし、アメリカに留学してニューヨークで働いていたころは、切れ長の一重《ひとえ》の黒い眸《ひとみ》が神秘的だと言われ、やはり同性から何度か口説《くど》かれたことがある。

それでもはっきりと断れば、それ以上、迫られることはなかった。

——しかし、この場合は……。

早瀬義弘《はやせよしひろ》は小首をかしげ、目の前に立つ長身の男を見あげた。

メタルフレームの眼鏡《めがね》、日本人にしては色素の薄い双眸《そうぼう》……。

男の名は、若宮《わかみや》。下の名は知らない。

同僚《どうりょう》といっても、取り立てて親しいわけではない。

社内で数回、話をした程度で、特別、気に入られることをした記憶はなかった。

何と答えていいのかわからず、口を噤《つぐ》んでいる早瀬を、男がじっと見下ろしている。

弁護士という職業、それにこの怜悧《れいり》な顔立ちを見るかぎり、冗談でそういうことを言うタイプには思えない。

けれど、若宮が身に着けたオフホワイトのスーツ、イタリア製のネクタイ、それに袖《そで》から見え隠れする高級時計からは軽薄そうな印象を受け、早瀬はとまどいを感じていた。

「早瀬、きみが好きなんだけど」

まっすぐ自分を見つめ、真顔で言う男。どうしたものか、と、内心でためいきをつく。

考えてみれば、つき合って欲しいとは言われていない。

好きだ、と、言われているだけ。真剣に答えて関わりをもつのもバカらしい話だ。

早瀬はうっすらと笑みを浮かべて答えた。

「ありがとうございます」

すると、釣られたように若宮が目を細めてほほえむ。

横目でそれを一瞥《いちべつ》したあと、早瀬は背をむけて病院の玄関口へと進んだ。

日本の企業ではよけいな波風を立てないこと。はっきりと自己主張しないこと。人情に押し流されないこと。早瀬の頭のマニュアルにはそう書かれている。

変わった男だ――と思った。しかし病院を出たあと、若宮の告白は早瀬の意識から完全に消えていた。


梅雨《つゆ》明けとともに、三十五度以上の猛暑が続いている。

その日も強烈な夕日が丸《まる》の内《うち》のオフィス街を赤く染めていた。

降り注ぐ陽射しもかまわず、早瀬はパソコンにむかって黙々とデータを打ちこんでいた。

ここ——総合商社「倉橋物産《くらはしぶっさん》」の終業時間は午後五時半。時計を見れば、あと十五分。

今日は、就業後に最上階にある社内弁護士《インハウス・ローヤー》の部屋にくるように社長から命じられている。

そのため、早瀬はそれまでに今日の仕事をすべて終えてしまいたかった。

——何とか間に合いそうだな。

最後のデータを打ちこみ、ひと息つく。

早瀬はパソコンの脇に置いたペットボトルに手を伸ばし、水を口に含んだ。

窓辺に近いこの席からは、広々とした海外開発部フロアが一望できる。

報告書をまとめる営業社員や明日の予定について話し合う社員の声。終業前のあわただしさとは対照的に、彼らの顔には一日の仕事を終えた解放感が漂《ただよ》っていた。

やがて、早瀬がすべてのデータをファイルに保存し終えたそのとき——。

「本日の報告書はこれでよろしいでしょうか」

隣の席に座った新入社員が話しかけてきた。マウスから手を離し、報告書を受け取る。

この社員の名は、倉橋柊一《しゅういち》。先代の社長令息《れいそく》で、早瀬は彼の教育を一任されている。

報告書をざっとチェックしたあと、早瀬は淡々とした口調で説明を加えた。

「おおまかな内容はこれでけっこうですが、念のため、為替《かわせ》レートに大きな変動があったときの対処方法もつけ加えておいてください」

「わかりました」

まじめな顔でうなずき、柊一が報告書を手直ししていく。その上品な横顔からはまだ大学を卒業したばかりの初々《ういうい》しさが漂う。元社長令息という立場に甘んじず、営業で一から仕事を学ぼうとする一途な姿には好感が持てる。

柊一の報告書を受け取ったあと、早瀬はむかいに座る社員に視線をむけた。

何の情も感じさせない黒々とした眸《ひとみ》に見つめられ、雑談に興じていた社員が表情を引き締める。

威圧的な態度を取っているわけではないが、冷めた口調で要点だけを話すところや感情を表に出さないこの性質が、どうもまわりの人間に緊張感を与えてしまうらしい。

しかし、気にしていてもしかたがない。

会社とは人間関係よりも利潤を追求する組織だ。

「朝井《あさい》主任、次回からは新入社員にも契約の席に同席させてください。ただし、ポイントごとのフォローアップを忘れずに」

「はい……では、次の金融機関との交渉から参加させます」

「最初は保険会社がいいでしょう。次に証券。金融機関との交渉は極秘事項も多いですので、最後にしてください」

機械的に説明したあと、早瀬は額《ひたい》に落ちた長めの前髪を指で梳《す》きあげた。

艶《つや》のあるくせのない黒髪、ほっそりとした小さな瓜実顔《うりざね》に黒い雫《しずく》のような切れ長の眸、すっきりと整った鼻筋など、早瀬は一般的に美しいと形容される容貌《ようぼう》を持っている。けれどまわりの人間は早瀬の冷然とした態度をはばかり、容易に視線をむけることはない。

最後に、早瀬は背後の係長に目をやった。

「係長、明日の契約前に、子会社の社長との打ち合わせを入念に行ってください」

打ち合わせの必要性を話したあと、早瀬はパソコンを閉じて鞄《かばん》にしまった。

「では、お先に失礼します」

ファイルをつかんで早瀬が部屋をあとにしかけたとき、課長が立ちあがるのが見えた。

「待ってください、早瀬さん。今日は前田《まえだ》さんの送別会ですよ。七時に銀座《ぎんざ》の――」

送別会――？　そんな話を聞いていただろうか。

早瀬は眉をひそめた。

もともと早瀬はこの部署の正式な社員ではない。社内の構造改革を目的とするプロジェクトチームから派遣《はけん》され、柊一の教育を始め、この海外開発部の大まかな管理を任されている。

もしかすると自分を素通りした話かもしれない。と、思ったとき、課長がすがるような声で言った。

「一週間前に話したじゃないですか。早瀬さんの分も予約を入れてしまったんですよ」

早瀬は、ああ、とうなずいた。興味のない話題だったので頭からぬけ落ちていたらしい。

「すみませんが、今日は仕事がありますので」

財布《さいふ》から三万円をぬき取り、課長に差しだす。

「皆さんによろしく」

うっすらと笑みを浮かべて廊下《ろうか》に出たあと、足早にエレベーターホールへとむかう。

新しく就任した若い社長に引きぬかれ、早瀬がこの会社に転職して約二カ月。

転職……といっても、以前の会社に不満があったわけではない。

ただ、この会社を経営する「二十代前半の社長」に興味をおぼえただけなのだ。

孤児《こじ》だった男が自分の力だけでのしあがったというサクセスストーリーに、同じようにコネも継ぐべき家もない自分の姿を投影させているのかもしれない。

やってきたエレベーターに入り、早瀬は小脇にかかえていたファイルに目をむけた。

一分でもむだにしたくないために、こうして書類を読みながら移動するのは、以前にいた会社からの習慣だった。

ファイルには社内弁護士のデータが記載されている。今日からしばらく彼の仕事を手伝って欲しいと社長からたのまれているために、先にどんな人物なのか確かめておきたかった。

——若宮法顕《のりあき》、三十四歳。T大法学部卒……か。

在学中に司法試験に合格し、卒業と同時に司法研修所で修習を受けている。その後、検察《けんさつ》庁《ちょう》に入って二級検事として八年間働いたあと、一級検事に昇格した。

「要するに……ヤメ検か」

ヤメ検とは、検察を辞《や》めた弁護士のことをいう。

若宮は、東京地検特捜部《とくそうぶ》で政治家や官僚の汚職事件を取りあつかって敏腕《びんわん》ぶりを発揮していたが、昨年、弁護士に転身。今春、社内弁護士としてこの倉橋物産に入社した。

現在は、法務部の部長と、役員——つまり社長補佐を務めている。

若宮のキャリア。それに関わった裁判の記録。

どれを見ても、優秀な弁護士という印象を受ける。こういう男と仕事をすれば、自分のスキルもあげられそうだ——。

やがて若宮の部屋の前まで行くと、ちょうど中から女性秘書が出てきた。

早瀬に気づき、髪の長い長身の秘書がすっと扉を開ける。

「どうぞお入りください。社長と若宮先生がお待ちです」

案内されるまま、会釈《えしゃく》して中に入った早瀬は、失礼します……と言う前に口を噤《つぐ》んでしまった。

「いいかげんにしろっ！」

突然のけわしい怒鳴り声——。

見れば、テーブルを挟んで男二人が睨み合っている。

鋭利な顔立ちをした若々しい男が社長の冴木《さえき》。そして、腕を組み、ためいきをこぼしている眼鏡の男が弁護士の若宮だった。

二人から険悪な空気が漂っている。早瀬はあとずさりかけた。

すると、若宮がちらりと早瀬に視線をむけ、なだめるような口調で社長に話しかける。

「冴木、きみの言っていることもわかるが、今はまだ時期が早いと言っているだけだ」

その言葉に社長の顔から少しずつ怒気が消えていく。

「それなら最初にそう言ってくれ。きみがM＆A対策を考えていないのかと誤解したじゃないか」

「その件に関してはもう少し考える時間が欲しい」

「わかった」

仕事のことで揉《も》めていただけのようだ。早瀬はほっと胸を撫《な》で下ろした。

「早瀬、こっちにきてくれ」

若宮に呼ばれ、そのまま部屋の中央にあるテーブルへとむかう。社長が立ちあがり、早瀬の肩に手をかけ、話しかけてきた。

「今日からしっかりと若宮をサポートしてくれ。法のスペシャリストでもないきみにここでの仕事を手伝わせようと思ったのは、アメリカでのきみのキャリアと語学力をあてにしているからだ。最後までよろしくたのむ」

そう言って社長が部屋から出て行く。

「早瀬、そこに座ってくれ」

さきほどの秘書は、もう帰ってしまったのだろうか。ソファのむこうにあるキッチンに行った若宮は、そこで淹《い》れてきたコーヒーを早瀬に差しだしてきた。

「どうもすみません」

軽く会釈したあと、早瀬はカップに手を伸ばし、ちらりと部屋を見まわした。

天然木でまとめられた、おちついた色彩の空間。ここは若宮の役員としての私室だった。

同じ階に社長室があるが、若宮が部長を務めている法務部は、確かもっと下の階にあった。

細長い部屋は衝立《ついたて》で仕切られ、応接セットのある手前の空間と、事務机や書棚の置かれた奥の空間とに分けられている。

棚に飾られた花鉢《はなはち》から、うっすらとさわやかな香りが漂ってきていた。

「こんな時間に残業をたのんで申しわけない。腹は減ってないか？」

むかいに座り、若宮は心配そうに声をかけてきた。

「大丈夫です」

「もし、なにか欲しかったら、すぐに運ばせるが」

「いえ。それよりも仕事の話をお願いします」

無表情のまま、早瀬は若宮を見返した。視線が合い、若宮がほほえむ。

「わかったよ。早速だが、これを見てくれ。きみに手伝ってもらう裁判の資料だ。アメリカの商社から、先日、うちの会社が告訴《こくそ》されたんだが…」

ファイルを受け取ると、早瀬は眉間《みけん》にしわを刻んだ。

——これは……。

訴訟《そしょう》の相手は、アメリカ資本の大手商社トランスケイト社。契約にトラブルが生じ、高額の賠償金《ばいしょうきん》が請求《せいきゅう》されている。

トランスケイト社は優秀な国際弁護士を多くかかえ、裁判をビジネスの道具としているような企業だ。アメリカにいたころ、早瀬が勤めていた会社もここことは何度か同じトラブルが生じ、裁判では苦い思いを味わったことがある。

「一応、裁判の形としては、債務不履行《さいむふりこう》による損害賠償請求となっている。正直なところ、きみはこの裁判に勝てると思うか？」

若宮の言葉を聞きながら、早瀬はもう一度資料を見直した。

裁判の訴因《そいん》は、単純なものだ。

倉橋物産がトランスケイト社から大量の建築資材を購入するという契約を結んだにもかかわらず、引渡日を過ぎてもそれを受け取らなかったことが問題になっている。ためにトランスケイト社に多額の損害が生じ、賠償金を請求されているのだ。

「本音を言わせてもらえれば、この裁判に勝つのは難しいと思います」

ファイルを閉じ、早瀬は若宮の顔を見つめて端的に言った。

「理由は？」

「トランスケイト社は倉橋物産が建築資材を買い受けてくれると見こみ、日本まで資材を運んできています。それをこちらが一方的に受け取らなかったのなら、倉橋物産がその損失分の賠償責任を負う義務がある――と、裁判所が判断しても不思議はないでしょう」

「なるほど。さすがに社長が推薦《すいせん》した男だな。法の専門家でもないのに、それだけの資料で裁判の全体像を把握《はあく》してくれるとはありがたい」

感心したように若宮が誉《ほ》めてくれたが、早瀬は無表情に返した。

「こういった場合の判例《はんれい》はどうなってますか？」

判例とは、実際に行われた裁判の記録をいう。同じような過去の裁判で、裁判官がどのような判決をしたかを参考に、裁判の行方《ゆくえ》を推測する。

「昭和四十六年の最高裁判決では、損害賠償請求が認められているね」

「それなら和解金を払うべきじゃないですか」

初めからこちらが不利な裁判をわざわざ補佐する必要があるのだろうか。早瀬は不満をおぼえたが、あえて口には出さなかった。

「確かに、トランスケイト社に落ち度がなければ、うちの会社が不利だよ」

足を組み、若宮は深々とソファにもたれかかった。

「しかし、うちが建築資材を受け取らなかったのには、それ相応の理由がある……としたら？」

若宮が眼鏡《めがね》の奥の目を細め、含みのある口調で言う。

「建築資材に欠陥《けっかん》があってね。そのまま使用するわけにいかなかったんだよ」

「つまり、化学的な部分を裁判で立証をすれば、うちが勝てる——とおっしゃりたいんですね」

「そういうことだ」

若宮が口元に笑みを浮かべる。釣られたわけではないが、早瀬も微笑《びしょう》を浮かべた。負けるとわかっている裁判に協力するのは労力のむだだが、勝算のある裁判ならばやりがいがあるだろう。

「それで、私はなにをすればいいんでしょうか」

「資料の翻訳《ほんやく》と、外資系企業に対する傾向と対策を一緒に考えてくれ」

「はい」

「時間外労働をたのむことになるが、問題はないか?」

「ありません」

早瀬の即答に、若宮は苦笑を浮かべる。じっと早瀬を見据《みす》えたあと、胸から煙草《たばこ》を取りだした。

「きみはビジネス英語が堪能《たんのう》らしいね。助かるよ」

「おそれいります」

アメリカに留学し、外資系の商社で働いていたのだ。ビジネス英語ができなければ意味がない。

「おれは英語が苦手なんだ。国際的な仕事が多いのに致命的な欠点だろう？　検察のときも語学のせいでずいぶんと苦労したよ」

煙草を銜《くわ》え、若宮は肩をすくめてみせた。

「語学が苦手ならぱ法廷通訳を雇えばいいじゃないですか」

「いや、検察時代も外国人の被告に対して通訳を入れたことがないんだ。直接、この耳で相手の話を聞きだしたい。通訳が入ると、途中でその人間の意思が加わりかねないからね」

「……そうですか」

「きみのいたアメリカは訴訟大国だから、日本よりも弁護士が身近な存在なんだろうな」

なにを話したいんだろう、この男は。早く仕事に取りかかりたいというのに。

裁判と関係のない会話が続いていることに、早瀬はかすかないらだちをおぼえていた。

「あの……仕事の話をしたいのですが」

とまどいながらも早瀬が冷ややかに言うと、若宮はようやく席から立ちあがった。

「わかった。早速、仕事を始めてくれ。最初にやって欲しいのはこの資料の翻訳だ」

若宮が衝立のむこうに案内してくれる。

そこには大きめのデスクと小振りのデスクがL字型に配置されていた。飴色《あめいろ》の重厚感のあるデスクが若宮のもの、小型のものが、おそらくさきほどの秘書のものだろう。デスクの背は一面硝子《ガラス》張りになっていて、室内の照明とむかいのビルの灯がくっきりとそこに映しだされていた。

「ここを使ってくれ。今後、きみに関しては出入り自由なので、おれがいなくても好きに使ってくれていい。秘書にもそのことを伝えておいたので」

秘書用のデスクの前に立ち、若宮が椅子の背もたれを引く。指示されるまま、早瀬は席に座った。

資料を見れば、すでに途中まで翻訳されている。若宮がやったのだろうか。

「あの……正式な翻訳家にはたのまないのですか?」

「戦略を考えながら翻訳したいからね、外部に資料を出したくないんだ」

「つまり外部に情報を漏らしたくないということですね」

「内部もだ。法務部の部下にも内容を知らせていない。そこをふまえて仕事に取り組んでくれ」

どこにスパイがいるかわからないということか。

早瀬は自分のパソコンをひらいた。起《た》ちあがるまでの間、英文で記された資料を読んでいると、若宮が目の前に桜色のチラシを差しだした。

「よかったらきみも参加してみないか」

手に取ったチラシを見て、早瀬は眉間にしわをよせた。

川柳《せんりゅう》同好会——?

会員募集中、副会長・若宮法顕と書かれている。

何のことなのかわかりかねたが、相手企業の誰かが川柳をやっているのだろうか。

若宮はこの中のメンバーから自分を使って情報をさぐらせようと考えているにちがいない。

「この同好会のメンバーに訴訟がらみの人物がいるんですね」

スパイをさがさせるつもりなのか。それともなにか他に思惑《おもわく》でもあるのか。

「いや、そういうわけではないんだが」

気まずそうな顔で髪をかきあげ、若宮が視線を逸《そ》らす。早瀬は小首をかしげた。

「サークルの勧誘だ。きみはどこにも所属してないだろう。一緒にどうだろうかと思って」

その言葉の意味を理解するのに十数秒が必要だった。

つまり、社内のサークル活動に自分を誘っているだけのこと……。

「仕事に戻らせていただきます」

くるりと若宮に背をむけ、早瀬はパソコンに視線を落とした。表情は平静を保っていたが、
内心はひどく動揺している。

いったい、何なのだ、この男は——。

今まで接したことのある弁護士にこんなタイプの人間はいない。以前の会社にいた社内弁

護士たち、彼らの頭にあったのは、ＮＹ《ニューヨーク》為替《かわせ》市場や世界各国の政治情勢だけだった。

国際ビジネスの現場で一分一秒を惜しんで働く彼らは、語学が苦手だと、わざわざ弱みを口にするような愚かなまねはしない。サークル活動をする時間もなかった。

それなのに……。

——この男、切れ者だと聞いていたが。

いぶかしげに隣を見ると、若宮はけわしい顔でなにか考えていた。首を振ったり、ためいきをこぼしたりしている。あきらめて、仕事のことを考えているのだろうか。

ほっとして資料の翻訳を始めたとき、若宮が急に顔をあげて、早瀬に視線をむけた。

「いいものを思いついた。早瀬、ちょっと聞いてくれないか」

椅子を転がして近づき、若宮が早瀬の肩に手を伸ばした。神妙な顔つきで、若宮が大きく息を吸う。

早瀬は釣られたように息を呑んだ。

「いくぞ。ちゃんと聞いてくれ」

「はい」

「開発部営業課長を詠《よ》みて謳《うた》う。『顧客から　メールきたと喜べば　フィッシングメール』

——というのはどうだ？」

どうだ——？　早瀬は固まったまま、若宮を見つめた。

「次回の社内報に投稿しようと思うんだが」

二十数秒かかって意味を理解した。なんて懲《こ》りないやつだ。早瀬は大きく息を吸って顔を背けた。

しかし、視界の端に感想を待つような若宮のまなざしが入り、ぴくり…と、こめかみが震える。

「……字余りです」

ひと言、冷たく言う。すると、若宮は嬉《うれ》しそうに早瀬の肩を叩いた。

「そうか、どうもおかしいと思ったら……確かにそうだよな。うん、きみはやっぱり同好会に入るべきだ。うちの部下なんて、なにを言ってもただ笑うだけなんだ」

しまった……。早瀬は心の中で舌打ちした。こういうときは笑えばいいらしい。あまりに下手な川柳に頭が拒否反応を起こし、いらぬことを吐いてしまった……。

「検察時代からの仲間とやってるんだが、今度、集まりがある。きみも――」

「川柳に興味はありません」

早瀬はさえぎるように言って、書類に目を戻した。

川柳、同好会、検察……。いったいなにをまじめに受け取り、なにを冗談だと思えばいいのか。

今まで構築してきた自分のマニュアルではうまく判断できない。

次第に若宮という男のイメージが崩れ、早瀬の中で不信感だけが募っていく。

「……あの、いいかげん、席に戻ってください。同性なのでセクハラとまでは言いませんが」

肩に触れたままの若宮の手を横目で見つめ、早瀬はためいきまじりに言った。

「このことはきみも了承《りょうしょう》ずみじゃないか。先日の続きは、あとで食事でもしてゆっくりと話そう。きみが望むならホテルのスイートを取ってもいいし」

「はあ？」

了承ずみ？　スイート？　さっぱり意味がわからない。

「あの日、ありがとうと答えてくれたじゃないか」

そんなことがあっただろうか。早瀬は小首をかしげ、指先でこめかみを押さえた。

この男と過去に接触したのは……確か、負傷した社長の見舞いに行ったときだが――。

記憶を反芻《はんすう》するうちにこの男の言葉と笑顔が脳裏をよぎり、はっとして早瀬は顔をあげた。

「先日って……あの病院の廊下のことですか」

ああ、とうなずき、若宮が肩を引きよせる。あわてて早瀬は若宮の肩を突っぱねた。

「本気だったのですか？」

動揺まじりの声で言う早瀬の眸を見つめ、若宮がうなずく。

「もちろん本気だ」

「私は男です」

早瀬は手のひらで机を叩いた。しかし、悪びれもせず、若宮があごをつかんで引きあげようとする。

「おれも男に興味をいだいたのは、きみが初めてだ」

唇《くちびる》が近づき、早瀬は思わず手のひらで若宮の唇をさえぎる。

「待ってください。私の……ありがとうは、そういう意味ではありません」

たいていの人間はそれだけで意味を察してくれたが……。

早瀬はデスクにあった分厚い六法《ろっぽう》に手を伸ばすと、民法《みんぽう》九五条を若宮に突きだした。

まさか、勘ちがいされるとは……。あのとき、はっきりノーと言うべきだった。

「あなたの錯誤《さくご》です。私は今日まであのときのことを綺麗《きれい》さっぱり忘れていましたので」

錯誤無効――。ようやくこちらの言いたいことを理解したのだろう。六法を閉じ、若宮が怪訝《けげん》そうな顔で見下ろしてくる。

「残念だ、きみが人参《ニンジン》だったとは」

「――人参？」

聞き返すと、若宮はうなずいた。

「ああ。おれの告白を、キャロット（けろっと）忘れていたんだろ」

一瞬、早瀬は硬直した。しばらく身動きできず若宮を凝視する。じわじわと殴ってやりたい衝動が押しよせてきたが、早瀬はこめかみを指で押さえて懸命に耐えた。

そうだ、真剣に答えてはいけないのだ。こういう場合、他の部下は笑うと言っていた。目立ってはいけない。皆と同じことをしよう。

「お、おもしろいダジャレですね」

ひきつりながら小声で呟《つぶや》き、早瀬はうっすらと笑みを浮かべた。

すると、驚いたように目を見ひらき、若宮がしげしげと早瀬を凝視する。

「おれのダジャレに笑ってくれたのはきみが初めてだよ。みんな、冷ややかな目で見るんだ」

しまった。外してしまった。早瀬は耐え切れずにパソコンを閉じて、立ちあがった。

「すみません……あの、今日は帰ってもいいですか」

頭の中のコンピューターがエラーを起こした気分だった。

「それはかまわないが、どうしたんだ、具合でも悪いのか?」

肩を抱き、心配そうに若宮が顔をのぞきこんでくる。

ちがう。具合が悪くなりそうだから、帰りたいだけだ。早瀬は眉間をよせたまま、いまいましげにその顔を見据えた。黙っていれば端整で知的な顔なのに、すっかりイメージが崩れてしまった……。

「……いえ、大丈夫です。用を思いだしただけですので」

すばやくパソコンを鞄に入れ、早瀬は戸口にむかった。すると後ろから若宮が追ってくる。

「待ってくれ、早瀬。きみは吉祥寺《きちじょうじ》だったたな。車で送ろう」

「いえ。駅からすぐですから」

首をめぐらし、軽くかわすように言う。しかし、若宮は引き下がってはくれない。

「遠慮するな。今の時間なら、道も混んでいないことだし」

「大丈夫です」

「それなら、おれもつき合う」

悪びれもせず、こちらの歩調に合わせてついてくる。早瀬はためいきをつき、男を見あげた。身長差は十センチ弱といったところだが、体格がちがうせいか、この男、思ったよりも大きく感じる。

「あの……若宮先生のような立場の方が護衛なしに電車に乗ってもいいのですか」

エレベーターホールで立ち止まり、早瀬は吐き捨てた。

「大丈夫だ、単独行動には慣れている。検察時代から修羅場《しゅらば》には何度も遭遇《そうぐう》しているんでね」

「ではご自由に」

眉間にしわをよせたままエレベーターに乗りこむ。

扉が閉まると、早瀬は若宮の胸に冷ややかな視線をむけた。

そこには、ひまわりと天秤《てんびん》が象《かたど》られた小さな弁護士バッジがついていた。

バッジには、太陽にむかうひまわりのように弁護士は常に正義と真実に光が当たるよう心がけ、天秤のごとく公平でなければならない——という意味がこめられている。

「――なにか?」

若宮はさぐるような目で早瀬を見た。

「それ、本物……ですよね」

「決まっているだろ」

偽《にせ》弁護士とでも言いたいのか? と、若宮が苦笑を漏らす。

「……秋霜烈日《しゅうそうれつじつ》」

ふと漏らした早瀬の呟きに、若宮が眉をひそめる。

秋の冷たい霜と夏の激しい太陽、秋霜烈日とは検察バッジのことをいう。

先刻から感じていたこと。検察時代検察時代と、この男は何度も口にしていた。おそらく、まだ未練があるのだろう。軽いリベンジといえばいいのか、ふざけた表面の裏で心の奥底にこの男が隠し持っているコンプレックスを、少しつついてみたい気になった。

「若宮さんの胸には、まだそちらのバッジがついているのかと思っていました」

皮肉げに冷たく呟く。これ以上、自分にかまうな――という意味をこめて。

尊大な顔つきで早瀬と視線を絡《から》めたあと、若宮がうつむいて胸から煙草を取りだす。

「おれが検察に未練があると言いたいのか」

煙草を口に運び、低い声で若宮が言う。早瀬は顔を背けた。

「別に」

「きみは、人が悪いな」

肩をつかみ、若宮は強引に早瀬を振りむかせた。そのまなざしが鋭い光を放ち、こちらを睨《ね》めつけてくる。

こういう真剣な表情が見たかったのかもしれない。このほうがずっと生き生きしている。

早瀬は口元に冷たい笑みを浮かべた。

「すみません。単なる冗談です」

「そんなタイプには見えない。おれの反応が見たかったんだろう」

いえ、と、早瀬が冷たく呟いたとき、エレベーターが一階に着く。

「お先にどうぞ」

若宮が先にエレベーターから降りる。次の瞬間、早瀬はCLOSEボタンを押した。

「早瀬？」

若宮が振り返る間もなく、エレベーターの扉が閉まる。早瀬はそのまま地下から駅にむかった。

吉祥寺の駅から徒歩十分。井之頭公園《いのがしらこうえん》に近い住宅街の一角に早瀬のマンションは建っている。公園を借景《しゃっけい》にしているものの、何の装飾もないマンションはオフィスビルのような

けた。

メールボックスを確かめ、中に入っていた大きめの封筒《ふうとう》をつかむと、早瀬は部屋の扉を開けた。

疲れた……。普段の数倍、いや、今日は十倍近く疲れている。

様相だった。


一日いないと、部屋には昼間の熱気が充満している。

早瀬は冷房を点《つ》け、スーツを壁にかけた。

キッチンつきのリビングと寝室はオールフローリングの1LDK。リビングにはソファと書棚以外の家具はない。オープンキッチンにも食器棚はなく、一人分の食器が流し台に伏せてあった。

広くはないが、男一人で暮らすには十分だ。社宅もあるが、プライベート時に同僚と顔を合わせるのがいやで、早瀬は自分でマンションを借りて暮らしていた。

いつでも気軽に引っ越せる。特定の物にも人間にも執着《しゅうちゃく》しない。必要以上に他人と関わらず、心を乱されることもない人生。そういう生活感のない暮らしが好きだった。

パソコンのスイッチを点け、立ちあがるまでの間、冷蔵庫からミネラルウォーターを出し、早瀬はソファに座って郵便物を確かめた。

一通目はカードの利用明細。

もう一通は……と、裏を見て、眉をひそめる。

そこに記された実家の住所に、早瀬は開封もせず無造作にテーブルに置く。どうせ金の無《む》心《しん》だろう。

ペットボトルのふたを開け、早瀬は冷えた水を口に含んだ。

自分が生まれ育ったのは、京都《きょうと》の東山《ひがしやま》、祇園《ぎおん》の花街界隈《かいわい》。実家は風雅な庭園と京懐石《きょうかいせき》が楽しめ、舞妓《まいこ》・芸妓《げいこ》遊びもできる老舗《しにせ》の和風旅館である。

祇園は京都の中でも特殊な地域だ。

昔ながらの古い家が軒《のき》を連ね、親子代々、長いつき合いの人々が住んでいる。

格子窓、簾《すだれ》のかかった家並み、石塀《いしべい》……。

年中、伝統行事に明け暮れ、より合い、よそ者を受け容《い》れようとしない。

昔から変わらない風習に縛られたまま、そこには澱《よど》んだ空気が漂っている。

そんな地域で、名高い舞芸妓の私生児として生まれた自分が、祇園の外で生きていくのは難しいと言われてきた。

尤《もっと》も男児として生まれた自分は、祇園のならわしに従って、すぐに養子に出された。

それが、今の実家。養父母は、祇園の一角で、旅館を経営する遠縁の夫婦だ。

東京に出ようと決意したのは高校生のとき——。

花街とは無縁の世界で生きていきたかった。

己《おのれ》の力だけで、なにものにも囚《とら》われずに生きたいのだ。

だからT大合格とともに家を出て、さらには奨学金をもらってアメリカに留学した。

かといって、故郷や養父母たちが嫌いなわけではない。いや、嫌悪《けんお》という感情すらないといったほうが正しい。

その点、都会の、この他人に無関心でいられるクールな環境は心地よい。

誰からも干渉《かんしょう》されず、思いどおりに生きていける。

京都を離れて十年。この躰からも、そろそろ祇園の垢《あか》が取れてきたように思う。

やがてパソコンが起ちあがると、早瀬は新聞を片手にマウスをつかんだ。

外国為替市場の株価《かぶか》を調べるのが日課だ。

モニターの前に座り、早瀬はざっと一日の動向を確かめた。

「今日は重工業関係の株が買い……か」

といっても、明らかに買いと思える株には手を出さない。

BBCやCNNをチェックし、日銀と財務省、さらに中東やアジアの動きを確かめて、株を選び、儲《もう》けた金をすべて養父母の旅館に仕送るようにしている。

「今日は……通信関連の株がいいかもしれない」

そうやって株の売買を検討しながらも、頭のすみでは明日のタイムスケジュールを確認していた。

七時起床。午前九時に出社し、十時まで営業会議。

そのあと霞ヶ関《かすみがせき》の経済産業省に赴《おもむ》いて昼前に帰社する。午後は横浜《よこはま》の貿易会社に行ったあと、品川《しながわ》の保険会社による予定だ。

横浜には十三時三分発の電車。営業課長と新規契約を交わしたあとは、十五時過ぎの電車で品川に戻れば、十五時半には保険会社に顔が出せる。その後、十七時に帰社。書類整理と業務報告を三十分ですませれば、うまく時間を空けることができる。

その空き時間を利用して、若宮にたのまれた翻訳をすればいい——と、ちょうどひととおりの確認を終えたとき、突然、携帯が鳴った。

家族からだろうか……と着信を見れば、見知らぬ番号が表示されている。

小首をかしげ、早瀬は携帯に出た。

「——はい」

『早瀬？』

携帯から聞こえたのは、若宮の声だった。

「なにか……ご用でしょうか」

また妙なことを言ってきたりしないか。早瀬は警戒しながら若宮の次の言葉を待った。

『電話をかけたのは他でもない。明日、持ってきて欲しいものがあるのを言い忘れてね』

「はい？」

『きみが以前に勤めていたスタンレー社。あそこも何度かトランスケイト社とトラブルがあったよな。そのときの資料があったら見せてくれ。参考にしたいんだ』

仕事の話らしい。内心で安堵の息をつき、気を取り直す。

「わかりました。明日、持っていきます」

『それからもうひとつ。明後日《あさって》の金曜日にちょっとつきあってくれないか。証人として法廷に出廷《しゅってい》してもらいたい人物がいてね。会うことになっているんだ』

「私が必要なんでしょうか」

『ああ。証人と交渉する間、資料と照らし合わせ、彼の話の内容を確かめて欲しいんだ』

「そういうことならご一緒します。では」

『ああ、おやすみ。炊飯器《すいはんき》』

「はい?」

『じゃあ』

と、言って若宮が電話を切る。意味がわからず、受話器をにぎり締めたまま、立ち尽くす。

おやすみ、炊飯器、じゃあ。炊飯器、じゃあ。炊飯器、じゃあ。炊飯器、ジャー……。

数分間、佇《たたず》んだあと、ようやく意味を理解し、がっくりとソファに座りこむ。

くだらない。あまりにくだらなくて力がぬける。

社内弁護士だと思って、こちらがおとなしくしていれば、次から次へとよくも……。

明日、社長に相談しよう。若宮と仕事をするのは無理だ。証人にも一人で会いに行けばいいい。

　こぶしをにぎり締め、早瀬は強く決意した。


　金曜の夕刻――。

　冷房の効いた電車から外に出たとたん、うっすらと肌に汗がにじんでくる。

　真夏の澱んだ熱気が漂う中、早瀬は憂鬱《ゆううつ》な面持《おもも》ちで人の流れに乗って改札にむかった。

　今日は、一日中、取引先に出かけていたため、駅で若宮と落ち合うことになっている。

　若宮との仕事を辞めさせて欲しい。と、昨日、社長室を訪れてたのもうとしたのだが、冷静に考えた末、それを口にするのはやめることにした。

　社長は若宮に全幅《ぜんぷく》の信頼をよせている。若宮は会社の法律部門を担当する顧問弁護士的な役割も務めてはいるが、彼の本当の仕事は会社のゼネラルカウンセラーだ。

　彼に期待されているのは、経営に関する法律面での、最終的な判断と確実な実行力。社長が二十代の若さで総合商社を率いていけるのも、背後に若宮のようなブレインが存在するからだろう。

　彼との仕事を自分のような一社員が辞めさせて欲しいとたのんでも、社長はイエスと言ってくれないはず。

そんなことを考えながら改札をぬけると、円柱にもたれかかっている若宮の姿が見えた。携帯で誰かと話をしているらしい。

こちらに気づき、待ってくれと目で合図をよこして、会話を続ける。

「大丈夫だよ、織田《おだ》さん。心配しなくていい。親権《しんけん》については……」

なにを話しているのかは検討がつく。

昨日、若宮の仕事を手伝っていたとき、数人の社員が法律相談のために訪ねてきた。

定年まぎわの男性社員は不動産の登記について。経理部の中年女性は親の遺産相続。新入社員はアパートのペット問題について——と、若宮の部屋に次々と社員たちがプライベートでの法律相談に訪れ、早瀬を驚かせた。

今日の相手は……と、若宮の電話に耳をかたむける。

電話の相手は、夫の暴力が原因で離婚を考えている女性だ。子の親権についてどうすればいいのか相談している。

——そんなことは、都の法律相談か専門の弁護士事務所に行けばいいものを。

会社の弁護士に無料で法律相談するなど、公私混同もいいところだ。

いや、若宮も若宮だ。そんな相談は断ればいいのに。

冷ややかなまなざしで早瀬は若宮を見あげた。

「それは心配ない。あちらに有責事由《ゆうせきじゆう》があるんだ。家裁《かさい》はきみの親権を認めてくれるはずだよ」

自分の前で見せるようなふざけた素振りを見せず、優しい口調で誠実に対応している。

「来週の火曜なら、友人の弁護士を行かせる。あいにく、おれは行くことができないが、友人は民法の親族法専門の優秀な男だ、安心していいよ」

その弁護士でうまくいかなければ、自分が時間を取って別の日に家裁に行ってもいい。そんなことまで言っている。

若宮の話を聞いているうちに、早瀬はどういうわけか無性《むしょう》に腹立たしくなってきた。

「――悪かったな、待たせて」

携帯を胸にしまい、若宮が眼鏡の奥の目を細める。

「それはかまいませんが、社員の相談に乗ってばかりいると、ご自分の時間がなくなりますよ」

突然の早瀬の言葉に、若宮は片眉をあげた。

「皆さん、公私混同してます。離婚訴訟だの相続問題だのペットの問題だの。会社とは関係ない法律相談じゃないですか」

「心配してくれるのか」

若宮が嬉しそうに顔をのぞきこんでくる。早瀬は冷ややかに答えた。

「そういうわけではありません」

「わかった。気をつける。ありがとう」

礼はいらない。どうだっていい問題だ。ただ、若宮の行動にいらだちをおぼえただけだ。

「それよりも急ぎましょう」

早瀬は大学の方向に早足で歩き始めた。

今日はこれから国立大学の研究室に行くことになっている。

訴訟相手に瑕疵《かし》があったことを化学的に立証するため、その分析データをもらい、法廷で学者に鑑定《かんてい》証人として説明してもらうための交渉だった。

キャンパスに入ると、校舎までの道を深緑《しんりょく》の並木が続いていた。

木々が夕日に染まり、金色に耀《かがや》いている。

どこかで花が咲いているのか、うっすらとさわやかな香りが漂ってきていた。

「春は桜が綺麗だろうな」

振り仰ぎ、若宮が感心したように呟く。しかし早瀬は何の興味もかたむけず、ただ前に進んだ。

「情緒のない男だな。そんな性格だと女とも長続きしないだろう」

「あなたは、さぞおもてになるでしょうね」

「きみに振られたじゃないか」

明るく笑って若宮は言った。早瀬は立ち止まり、若宮を見あげた。

「二度と口にしないでください。男性には興味がありませんので」

突き放すように言った早瀬に、若宮が目を眇《すが》める。眼鏡の奥から舐《な》めるように早瀬を見たあと、これ以上ないほど屈託のない笑顔を見せた。

「おれとつきあえば楽しいよ。欲しいものはなんでも買ってやる。料理だってお手のもの。掃除に炊事《すいじ》、洗濯《せんたく》、アイロンがけは得意中の得意だ。その上、けんかをすれば絶対に負けてやる。こんないい男、他にいないと思わないか？」

早瀬はあきれたようなまなざしで若宮を見た。大きく息を吐いて冷たく言う。

「暑苦しいだけです。『これだけしてやってるんだ、これ以上、文句はあるか』――優しい男の振りをして、案外、内心でそう思ってるんじゃないですか」

若宮がポケットに手を突っこみ、苦い笑みを浮かべる。早瀬は若宮の背中を押した。

「さあ、早く歩いてください」


つんとした、薬品臭が鼻腔《びこう》をつく。国立大学内にある白壁が煤《すす》けた古い建物には馴染《なじ》みのない空気が漂い、早瀬は新鮮な気持ちであたりを見渡した。

廊下を行けば、擦《す》れちがうたびに白衣を着けた研究者や職員が若宮に声をかけていく。検察時代からよくきていたのだろうか。

「若宮先生、おひさしぶりですね。その弁護士バッジ、似合いますよ」

「法廷での勇姿、楽しみにしてます。今は民事がご専門だそうですけど、また刑事事件も扱ってくださいね」

めったに会うことはないだろうに、旧知の友のように声をかけてくる職員たち――。

早瀬はその様子をじっと眺めた。

ひとしきりあいさつを終えたあと、若宮が奥の研究室にむかう。

建築関係の化学分析で高名な木下《きのした》という教授の部屋だった。木下とは検察時代からの知己《ちき》であり、今回の問題も最初に化学分析をたのんだらしい。そして、その分析データをもとに、倉橋物産はトランスケイト社の建築資材の引渡を拒否することにしたのだ。

「若宮先生、ちょっと待ってください」

扉の前で女性が声をかける。白衣を着た二十代後半くらいの職員だった。

「さきほどはありがとうございます」

小声で話しかけられ、若宮が優しげな笑みを見せる。彼女の白衣には「織田」という名札がついていた。さっき、電話で話していた女性らしい。顔色が悪く、やつれた感じがする。

早瀬は腕を組み、あきれながら若宮を見つめた。

社員だけではなく、こういったところの人間の法律相談まで乗っているとは……。

どうして、そんなに気やすく他人の相談に耳をかたむけるのか。これではただの便利屋、駆けこみ寺じゃないか。

織田は木下の研究室で働いているらしく、若宮に礼を言ったあと、部屋に案内してくれた。

「――悪いが、若宮先生、今回、証人になることはできないよ」

ノックをして部屋に入るなり、待ち受けていたかのように白衣姿の化学者が言った。

まだ四十代の若さだろうか。渋《しぶ》みのある顔立ちをしたその男は体格がよく目つきが鋭い。威圧的な態度や立ち姿、まわりの研究者の遠慮がちな様子から、彼が野心的な研究者だという印象を受ける。

「木下教授、どういうことでしょうか」

部屋を見渡したあと、若宮が長椅子《ながいす》に腰を下ろす。若宮にうながされ、早瀬はその隣に座った。

「証人になりようがないんだ。有害物質など最初から含まれていなかったんでね」

木下はテーブルに分析表を広げた。そこには小難しげな化学記号が羅列《られつ》されている。

「教授が最初にホルムアルデヒドが含まれているとおっしゃったのですよ」

「確かに含まれている。しかし、その含有量《がんゆうりょう》は基準値をはるかに下まわっているんだ。環境に何ら影響はない」

木下が話を続けていく。彼の説明では、裁判での化学的立証をして、倉橋物産を有利に持っていくことは不可能だということだった。

それでは、戦略を最初から変えなければならないじゃないか。

早瀬は横目で若宮をうかがった。けれど、彼は平然とした表情で説明を聞き流している。

「——そういうわけで、きみの会社の鑑定証人になることはできない」

「残念ですね。三回目の口頭弁論《こうとうべんろん》に鑑定証人として出廷していただきたかったのですが」

若宮は書類を閉じ、おだやかな声で言った。無表情な横顔からは内心をおしはかることはできない。

二回目の口頭弁論は次の月曜だ。そこで書類の読みあげと事実確認をし、三回目から本格的な証拠調べとして鑑定、それと、証人への尋問《じんもん》も行われることになっていた。

「若宮先生……言いづらいんだが、三回目の口頭弁論は、トランスケイト社の鑑定証人として出廷するよ。悪かったね、あちらから先に依頼されて、もう引き受けてしまったんだ」

だから、帰ってくれ——と、木下があごでしゃくると、若宮は唇の端をあげ、薄い笑みを浮かべた。

「わかりました。……それで、木下先生、国土交通省の幹部からいくらもらったんですか?」

「……何?」

一瞬、木下が眉をひそめる。そのこめかみがかすかに震えていた。

「いえ。では、法廷でお会いしましょう」

若宮は再び笑顔を見せると、早瀬の腕をつかんで立ちあがった。

「帰るぞ、早瀬」

若宮が早足で研究室を出て行く。腕をつかむ手の強さから彼の心中の怒《いか》りが伝わってきた。

国土交通省の幹部……。トランスケイト社から賄賂《わいろ》をもらっている幹部が圧力でもかけ、木下を鑑定証人として出廷させることにしたのだろう。

あり得る話だ、と思った。仕事の取引中にも、そういった愚痴《ぐち》をこぼす企業がある。中央からの圧力がかかって港湾《こうわん》工事が中断して借金が残っただの、役所の命令なのでしかたなく不良債権のある企業と契約を交わすはめになっただの――。

そんなとき、民間企業はなにをしてもかなわない。早瀬の意識にはそう刻みこまれている。だとしたら今回の裁判は負けるかもしれない。


研究所をあとにした若宮は、上着を脱いで大きくためいきをついた。

すでに陽は暮れ、キャンパスにも人気《ひとけ》がなくなっている。あたりは夜の闇に包まれていたが、まだ蒸《む》し暑い大気が充満していた。けれど、風は心地よい。緑に包まれたこのキャンパスは、都心の一角だというのに外界から切り離されたような静けさに包まれていた。

「――今回の裁判……黒幕に官僚がいるんですね」

まわりに人気がないのを確認し、早瀬は小声で声をかけた。

「ああ。大学の研究室に圧力をかけられる団体なんてそうザラにいない。国土交通省の幹部がトランスケイト社と繋《つな》がっているのはまちがいないよ」

若宮は財布を取りだし、自動販売機にむかった。飲むか？　と訊かれ、首を振って断る。国家官僚……。考えただけでぞっとしない相手だった。下手《へた》をすれば証拠集めの途中に自分たちの身にも危険が及ぶだろう。一介《いっかい》のサラリーマンが立ちむかえるような相手ではない。

木々のむこうに見えるさきほどの研究所を冷たい目で一瞥したあと、早瀬はうつむいた。

「少し休憩《きゅうけい》していかないか」

ペットボトルをつかみ、若宮は小さな柵《さく》を越えて中庭の芝生《しばふ》に腰を下ろした。その姿を見下ろしながら、早瀬は内心で不安に思っていた。

どうするつもりなのだろう。化学的な立証もできない。証人もいない。負けるとわかっている裁判を続ければ、会社の賠償金が増えるだけだ。

「悪かったな。せっかくきてくれたのに時間をむだにさせてしまって」

「いえ。それよりも……別の研究者にたのまないのですか。うちの化学部にも研究者はいますし、私大に依頼するというテもあります」

「いや、あとになって捏造《ねつぞう》したと言われるだろう」

「では、和解をするんですか？」

「和解？」

「ええ。このまま官僚を敵にまわすと、各種法人《ほうじん》から圧力がかかりますので」

ペットボトルのお茶を飲み、若宮は深々とためいきをついた。

「確かに。経済法人は官僚出身の老人が天下《あまくだ》りの形で理事になっているケースが多いからね」

そうして彼らは陰の世界から日本を支配しようとする。

「検察時代も、このテの財界人《ざいかい》の汚職を暴《あば》こうとして何度も圧力を受けたよ」

煙草を吹かしながら、やりきれない口調で若宮が呟く。

それが理由だったのだろうか。未練をかかえたまま、この男が検察を辞めた理由……。

「おれがフリーの弁護士ならば……な」

夜空を見あげ、若宮がぽつりと呟く。めずらしく弱気な声に、早瀬は眉をひそめた。普段は自信に満ちた男が落ちこんでいる姿を見ると、何とも心もとない気持ちになってくるものだ。

「ですが、会社という組織の守りがなければ、すぐにあなたに危険が及ぶでしょう」

「おれの身はいい。官僚の腐敗《ふはい》を暴くのがおれのライフワークなんでね」

無理に笑みを浮かべたような、自分を鼓舞《こぶ》しているような物言いに、早瀬は胸が痛むのを感じた。

けれど、ふと湧いた同情心を振り払うように、内心で自分に言い聞かせる。

それは会社にも自分にも関係のない話だ。ライフワークだと言うのならば、若宮は企業内の弁護士などにならず、官僚叩きだけに専念していればいい、と。

そんなことを考えながら、突き放すような視線で若宮を見た。

すると視線を絡め、若宮がふっと鼻先で嗤《わら》う。

「おれの勝手な目的に巻きこまれるのはごめんだ……と、言いたいのか？」

その言葉に、ええ、とうなずく。

この裁判は、このままでは勝っても負けても会社に損害を与えかねない。負ければ、多額の賠償金。勝てば、官僚と対立することになる。

だとすれば、ここは妥協《だきょう》して、こちらが和解金を払って、相手からの訴訟請求を取り下げてもらうのが一番安全な道だ。

もしも、若宮がどこの組織にも属さない弁護士ならば強引に裁判を進め、彼らの関係を暴くのは可能だろう。

身の危険を恐れないというなら、よけいに……。

しかし、彼は企業に所属する弁護士だ。若宮個人の判断で、社員の生活、会社に絡む大勢の業者の運命を左右させてしまう可能性があるのだ。

多くの責任が若宮の双肩《そうけん》にのしかかっている。そのことを自覚しているからこそ、フリーの弁護士だったら……などと弱気な発言をしたのだ。

そのやるせない心中《しんちゅう》は、何となくわかる。けれど、賛同はできない。

若宮はペットボトルのお茶を飲み干し、ごろりと芝生に横になった。

「なあ、早瀬、今の日本になにが一番大切なのか、わかるか？」

静かな口調で話しかけられ、わずかに首をかたむける。

「……さあ」

「おれは検察を辞めたあと、経験を生かせる刑事系の弁護士でなく企業内の弁護士になったことでまわりから中傷《ちゅうしょう》されたんだ。金に目がくらんだ、と」

そう考える者も多いだろう。公務員の検察官よりも弁護士のほうが、やり方次第ではるかに儲《もう》かる。企業に勤務する弁護士はその中でもとりわけ……。

「確かに、刑事事件はかっこいいよな。犯人を追い詰めたり無罪を勝ち取ったり。ドラマでもたいてい刑事事件が使われているし」

空《から》になったペットボトルを手のひらで転がし、若宮は自嘲《じちょう》気味に笑った。

「だけど、今の日本のような資本主義社会は企業によって成り立っている。企業が繁栄しなければ社会も繁栄しない」

それなのに、一部の腐敗した政治家や官僚が、依然として企業社会を陰で牛耳《ぎゅうじ》って日本の経済を混迷させている。その結果、あいつぐ金融破綻《はたん》、大企業の倒産、リストラ、格差社会、少子化、貧困家庭や貧困老人、それに世界中を震撼《しんかん》させているテロ問題……。

「暮らしが楽になれば犯罪も自然と減る。だとすれば刑事事件で泥棒を一人捕まえるより、泥棒がいなくなる豊かな社会を作る方が大事だと思わないか」

早瀬は冷笑を浮かべた。

なんてだいそれたことを口にする男だろう。本気でそんなことを思っているのだろうか。本心から言っているのだとすれば、心からの拍手《はくしゅ》を送ってもいい。

いや、しかし……。こういう大口を叩く者にかぎって、底が浅いことは今までの人生で学んでいる。

「社会を根底から変えたい——そんな綺麗ごとを言う前に、目前の訴訟をどうにかしたほうがいいんじゃないですか」

早瀬は皮肉まじりに言った。

「次の裁判は月曜です。それが終われば来週にはさきほどの男が証人として出廷します。それまでに結論を出すべきじゃないんですか」

いずれにしても陰に官僚がいるかぎり、今の若宮に勝ち目はないのだから。

「和解されるのなら、私があなたの仕事を手伝う必要がないと思うのですが」

「和解……か。それよりも、きみも座ったらどうだ。冷たくて気持ちがいいぞ」

早瀬の質問を無視し、若宮が起きあがって手首をつかむ。

「いえ」

と、振り払う間もなく手首を引っ張られる。あきらめて地面にひざをつき、早瀬は腰を下ろした。

「結論を急ぐな。今後のことは……そうだな、少し考えさせてくれ」

胸から煙草を出し、若宮は低く呟いた。

「おれとしてはきみと仕事を続けたい。一緒にいるとおちつくんでね」

そんなふうに言われても困る……。早瀬は視線を逸らした。

「かかえている訴訟の困難さ。責任の重さ。きみといると、そんなものから解き放たれ、ざわついていた気分が安らいでくるんだ」

若宮の言葉からは、ふざけた様子もなければこちらをからかっている素振りも感じられなかった。

けれど、どうしても自分には若宮の気持ちが理解できない。

話が合うわけでもない。自分は人目を惹くような美貌を持ち合わせてもいない。舞芸妓だった母親に似て、中性的な面差しの華奢《きゃしゃ》なタイプではあるが、どこから見ても立派な男だ。

そんな自分が、ゲイでもない男に好きだと言われることに違和感を感じてもしかたがないだろう。

「若宮さんは……どうして私を」

と、言いかけ、早瀬は口を噤んだ。若宮が眼鏡の奥の目を細める。

「そうだな、まず涼しげで綺麗な顔をしながら、その実、計算高くて、徹底した自己中心的なその性格だろう。なまめかしい表情をしたかと思えば、目が合ったとたん、冷たく突き放すような態度と棘《とげ》のある言葉づかいを見せる。あとは……」

聞いているうちに、早瀬の眉間のしわが少しずつ深くなっていく。

「おそらくきみの目には、他人などただの群集の一部くらいにしか映っていないだろう。その点、おれは、その中でも少しは色がついたくらいだろうか」

早瀬は喋《しゃべ》り続ける男を冷視した。

どうも、けなされているようにしか聞こえないのだが。

「それに、その冷ややかな視線。きみほどクールを極めた男は他にいないだろうな」

けんかを売っているのだろうか。早瀬は舌打ちし、立ちあがろうとした。

「だから……かな」

若宮がひと息つく。早瀬は動きを止めた。たがいの視線が絡み合い、若宮が苦笑する。

「あこがれるよ。おれもきみのように生きたいと思うときがある。他人との関わりを無視し、自分独りで楽しく生きられるのならばそのほうがずっと楽だし、他人を傷つけることもなければ、自分が傷つくことも少ない」

自嘲気味に呟き、若宮は草むらにペットボトルを転がした。

「だけど、結局、おれはおれでしかない。過去にしてしまったことを悔《く》やんだり、今の自分を大きく変えたいと思っても、今さら自分の人生を変えることはできない」

早瀬は目を細めた。

この男は過去に誰かを傷つけ、そのことで自分も傷ついた経験があるのだろうか。

検事生活、弁護士生活、その中で、迷い、とまどいながら、生きているのかもしれない。

そのことだけはわかる。自分とはずいぶんとちがう……ということも。

自分は過去はもちろんのこと、自身について振り返ったことは一度もない。

そんなことを考えるのはバカバカしい。

京都での過去に引きずられ、東京に出てからの十年間がむだにならないよう、前だけを見つめて生きてきた。

でなければ、このまま進めなくなってしまう気がするからだ——と思いながらも、早瀬は心のどこかで若宮の言葉に新鮮さを感じていた。

さわやかな夜風がキャンパスの中を通りぬけていく。

ふっと早瀬のくせのない前髪が風に乱れた。

早瀬は若宮を見つめたまま、風に靡《なび》く髪に細い指を絡めてゆっくりと梳きあげていった。

「……早瀬」

早瀬の仕草を見つめ、若宮が目を細める。ひときわ強く吹きぬけた風が若宮の前髪も揺らしていた。

「ひとを好きになるのに、理由が必要なのか」

まっすぐなまなざしで問いかけられ、早瀬は髪を指で押さえたまま小首をかしげた。

「さあ」

好きになったことがないので——と続けようとして、口を噤んだ。

ひとを好きになったことのない自分。

これまで他人を真剣に好きになったことは一度もない。

それと同時に、色っぽい、神秘的だと言われ、躰の関係を迫られたことはあっても、誰かから激しく求められ、愛された経験がないことに気づいた。

そう、そうなのだ、自分はこれまでに誰とも心の底から触れ合ったことはない。

そのことを今さらながら実感して、早瀬がうつむいたそのとき、ふいに夜風に乗って、どこからともなく甘い香りが漂ってきた。

「……この香り」

顔をあげ、早瀬はぽつりと呟いた。

「若宮さんの会社の部屋と同じ花の匂い……ですよね」

風に乗って漂ってくる瑞々《みずみず》しく優しい香り。どこかで味わったことがあると思ったが、社内にある若宮の部屋でいつも感じているものだった。

「夜来香《やらいこう》という花だよ」

「夜来香？」

「見た目は蠟燭《ろうそく》が爛《ただ》れたような、小さな花だが、この香りには鎮静《ちんせい》作用があるらしい。昔、中国でこの花の匂いを味わった戦士が戦意を喪失《そうしつ》し、戦争が終わったという言い伝えがあるんだ」

若宮が淡くほほえむ。月光を浴び、いつもは薄く見える眸が今夜はやけに濃く見えてくる。

「夕方に感じたときより、香りがきつくなっていますね」

早瀬は若宮を見つめた。

「夜が深まるごとに香りが甘くなっていくんだ。昼は涼しげな香りだったのに、夕方から少しずつ甘く優しい香りに変化していく。闇が濃くなればなるほど濃く深く……」

この男の眸のようだと思った。明るいところでは色素が薄くどこか冷たく見えるのに、暗闇では色が濃くなるせいか、おだやかな色彩に見える。

「めずらしいな、今夜は星がよく見える」

若宮の呟きに、早瀬は釣られたように夜空を見あげた。

釣られて目線をあげれば、排気ガスで曇った闇の中、うっすらと星がまたたいていた。よく見える、というほどの量なのかどうか。けれど、今まで意識して星を見たことのなかった早瀬には、空に星が存在すること自体がとても不思議なことに思えた。

つい先刻まで、国土交通省幹部がどうの訴訟がどうのと殺伐《さつばつ》とした話題の中にいたのに。

今は、星空を眺めながら花の香りを味わい、二人、なにをするわけでもなく芝生に座っている。

ただそれだけで、こんなにも心が静かになっていくとは。

たかが訴訟ひとつ。そんなことなどどうでもいいような気にさえ……。

京都を離れてもうすぐ十年。自分は一度もこんなふうに、ただ、ぼんやりと時間を過ごしたことはなかった。それがなんだか、とても惜しいことのように思えてきた。

「……たまにはいいだろう?」

早瀬の思いを見透《みす》かしたように、若宮が低い声で囁《ささや》く。

「好きなんだ。面倒なことをすべて忘れて、ぼんやりと時間を過ごすのが」

そう言って再び芝生に寝そべってくつろぐ男を、早瀬は鼻先で笑った。

なんてちっぽけなことを――。

年収数千万の花形弁護士。日本有数の総合商社を陰で支える男。車は派手なイタリア車。持ち物はどれも簡単には買えない代物《しろもの》ばかり。そんな男が芝生の上でペットボトルのお茶を飲み、星を見あげ、ぼんやりと時間を過ごすことが好きだと口にしている。

どうだっていいこと、なにもしない時間などむだなこと。そう思っていたのに、それも悪くない、いや、いいものかもしれない、と、この男に教えられたように感じられるとは。

何だか、それが少し悔《くや》しい、と思った。すなおに同意すると、自尊心が傷つくような気がして、早瀬は内側から湧きでる思いを振り払うように首を振った。

すると、ふわりと、やわらかな芳香《ほうこう》が鼻腔を突く。

この甘い匂い。花に香りがあったなんて、もう長い間、忘れていた。

家の庭先にも沈丁花《じんちょうげ》や梔子《くちなし》、金木犀《きんもくせい》などが植えられていた。

うっすら香るそんな花の精気を、毎年、当然のように感じていたときもあったのに。

早瀬はぼんやりと隣に横たわった男を見下ろした。

心地よさそうな表情でまぶたを閉じている。

眠っているのか、起きているのかわからないが、声をかけるのが悪いように思えた。

目を細め、早瀬はあたりを見渡した。

どこにも花の姿は見えない。つかめそうでつかめない、姿の見えないもどかしさ。

それが今の自分の感情と似ている気がした。


「——早瀬さん、お先に失礼します」

ふいに声をかけられ、早瀬ははっと顔をあげた。

見慣れたオフィス。すでに就業時間が過ぎ、次々と社員たちが帰路に着こうとしている。

「お疲れさまでした」

いつもの表情で返し、早瀬は目の前に置いたパソコンの画面に視線を戻す。画面がスリープ状態に落ちていた。額に落ちた髪を梳きあげ、早瀬はためいきをついた。

めずらしいことをした。われを忘れてぼんやりしていたとは……。

疲れているのかもしれない。若宮の仕事を手伝い始めて一週間。自分の仕事を終えたあとに、毎日、最上階の若宮の部屋に通って訴訟の仕事を手伝っている。

思ったよりも、それは早瀬に疲労を与えていた。

それに……訴訟のことがいつも頭から離れない。

昨日の第二回口頭弁論を、早瀬は傍聴《ぼうちょう》した。そのとき、倉橋物産に問題があると主張する相手に対して、若宮は何の反論も示さなかった……。

終わったあと、若宮の友人の検察官二人が囁いていた言葉が、今も早瀬の脳裏《のうり》にこだましている。

『若宮さん、どうしたんでしょうね。弁護士に転身して調子が悪いんでしょうか』

『今回の訴訟、さっさと和解に持ちこんだほうが得策《とくさく》のようだな』

法の専門家も、和解を考えているというのに、若宮はいったいどうするつもりなのだろう。

パソコンと書類を鞄に詰めていると、隣に座った倉橋柊一が報告書を差しだしてきた。

「早瀬さん、見ていただけますか」

手渡された報告書に目を通し、若干《じゃっかん》の修正を加えて柊一に返す。

「これでけっこうです」

「ありがとうございます」

柊一がほほえむ。眉をよせ、早瀬はじっとその笑みを凝視した。よく見れば、本当に美しい貌《かお》をしている。

彼の教育を担当しているなんてうらやましい。目の保養になっていいだろう。と、女性社員はおろか、男性社員までが囁いているのを不思議に思っていたが、こうして改めて見ると、確かに、性別など関係なく、耳目を奪う理由が何となく理解できる。

こういう身近な人間でさえ、これまでの自分は意識して見たことがなかった。誰か一人が大きく胸のうちに入りこんでくることもなく、特別な存在になることはなかった。

多分、若宮の言ったとおり、映画で言うならその他大勢の群集。

すべての人間がただただ存在するだけの人間だった。

柊一のほおにかかった長めの髪は淡い栗色《くりいろ》。夏なのに透けるように白い肌をしている。

間近で見ると、息をしているのが不思議なほど美しい——。

男には興味はないが、どうせ恋愛するなら、こういう美青年のほうがいい。と、しみじみ眺めていると、柊一が睫毛《まつげ》を揺らし、居心地《いごこち》が悪そうに首をかしげる。

「どうか……なさいましたか？」

と、遠慮がちに言う柊一に、早瀬は内心でわれに返る。

なにをバカなことを考えていたのだ、自分は。若宮の病気が移ったのかもしれない。

「いえ、何でもありません。私はお先に失礼します」

平静に鞄をつかんで立ちあがり、早瀬はフロアをあとにした。


午後十時を過ぎると、周囲のビルの灯《ひ》が消え、オフィス街は夜の沈静に包まれる。

いつものように若宮の部屋で早瀬はパソコンの前に座り、翻訳に取り組んでいた。

裁判の資料を読めば読むほど、トランスケイト社の仕事内容にあきれてくる。

今、翻訳している英語の書類は、次の口頭弁論で若宮が使う証拠書類だが、そこにはこれまでにトランスケイト社が関わったアメリカでの訴訟と事件が詳細《しょうさい》に記されている。

テキサスで都市開発を請《う》け負《お》ったときは、その後、河川で大量のダイオキシンが発生した。

それを住民が訴訟に持ちこんだが、結局、敗訴《はいそ》。陪審員を買収したとも噂《うわさ》されているが、真相はわからない。

日本の電機メーカーと争ったアメリカでの裁判でも、日本企業が敗訴した。日本円にして総額二十五億円の損害賠償金がトランスケイト社に支払われている。

当時、アメリカに駐在していた日本の外務公務員が和解を勧めたが、電機メーカーはそれを受け入れなかった結果、敗訴し、結局、アメリカから撤退《てったい》した。

「権力者と繋がって、訴訟で金を儲けている会社……か」

典型的なブラック企業。

こういう相手とは法廷で争うよりも関わりを最小限にもっていたほうが無難《ぶなん》だろう。

ずさんな商品管理、政界への金の横流し、環境破壊……と、法廷で叩けそうな材料は充分に揃《そろ》っているが、どれも決定的に倉橋物産を勝訴に持ちこめるだけの証拠にはなり得ない。

むこうには化学者の用意した分析データという切り札がある。それ以外の資料など、なにを用意してもかなうわけがない。

早瀬はそう思いながらも、与えられた仕事をこなしていた。

「――早瀬、休憩しないか」

耳に降り落ちた低い声に、ふいに緊張がほどける。

顔をあげると、若宮がコーヒーとケーキを差しだしてくれた。知らず苦笑を浮かべる。

ここにくると、ケーキのほかに、サンドイッチ、ピザ、クッキー、プリン――と、いつもなにかしら食べ物が出てくる。食べ物に罪はないので出されたものは食べるようにしているが、休憩にはつき合わないようにしていた。

隣の椅子に座って、若宮が肩に手をかけてくる。

「悪いな、毎晩、仕事のあとにこんな面倒なことをたのんで」

「いいえ。これも仕事と思っていますから」

「あとでなにか食べに行こうか。送っていくから」

この軽口の誘い。ここで仕事をするようになって以来、毎晩のようにくり返されている。

「けっこうです。先生のイタリア車は乗り心地が悪そうですので」

そして、毎夜、何らかの口実をつけて断り続けている。

「わかった。明日はドイツ車でこよう」

「電車で帰ります。定期がありますから」

「じゃあ、おれも電車で帰るよ」

笑顔で若宮が答える。遠まわしに断っているのが、どうしたら通じるのだろう。

この前の夜は同情しただけなのに……。早瀬はためいきを吐《は》いた。

あてにしていた証人と証拠を失い、落ちこんでいる若宮がめずらしかったので、彼の話につきあってやっただけのこと。一時の気の迷いのようなものだ。

あとになって、あそこまで立ち入った話をすべきではなかったと後悔した。

「そうだ、これをやるよ」

鞄の中から小さな紙袋を取りだし、若宮が早瀬のひざに放り投げる。

これ？　小首をかしげた早瀬に、若宮が開けろと目で合図を送る。見れば、袋の中には、細い蔓《つた》を持つ小さな植物の苗《なえ》が入っていた。

「夜来香の苗だよ。この間の夜、気にしていたじゃないか」

「せっかくですが、お返しします。花に興味はありませんので」

早瀬は袋を若宮に突き返した。動物はもちろんのこと、植物を育てる趣味《しゅみ》はない。なにかを育てる。それは、その物に対して特別の執着を抱き、その物の生命が失われるまで継続的につきあっていかなければならないことを意味する。そういった責任を負うのがいやだった。

「きみはあまり寝てないだろう。葉を刻んで茶として飲んでも、香りを楽しんでも神経の鎮静作用があるから安眠できるぞ」

額に手が伸びかけ、早瀬は椅子を引いて若宮から離れた。

「そういうのがわずらわしいんです」

どうしてこの男はこうやって他人とよけいな関わりを持ちたがるのか。

社員の法律相談を受け、社外の人間からも相談されて、いつも優しげな笑みを見せて。

「お願いします。どうか私のことは放っておいてください。干渉されるのも、特定の物を育てるのも嫌いですので」

何度言えばわかるのだろう。仕事ならばいくらでもする。だが、自分にかまうのはやめて欲しい。

「……おれは干渉されたいんだ」

うつむき、若宮が額に垂れた前髪をかきあげる。早瀬は横目で若宮を見た。

「なにかに執着したい。執着されたい。あこがれなんだ、子供のときからの」

「あこがれ？」

「おれは裁判官の息子だったからね。父親の都合で何年かごとに転校をしていたから、友達ともあまり長続きしたことがなかったんだ」

デスクにひじをついて手の甲にあごを乗せ、若宮はしみじみとした口調で言った。

「弁護士になってよかったと思うのは、引っ越さなくていいことだ。最初の収入ですぐに自分のマンションを買ったよ」

そう言って、若宮はぼんやりと窓の外に目をむけた。検察時代も何度か転勤し、弁護士になってようやくひとところにおちついたのだろう。

「代官山《だいかんやま》のマンションに引っ越したとたん、自分の居場所を持てたのが嬉しくて、それから物が捨てられなくなってしまったんだ」

その言葉に、早瀬は皮肉めいた笑みをほおに浮かべた。

「本当は猫でも飼いたいが、この忙しさでは世話ができない。しかたがないから、花の鉢植えをいくつかベランダで育てているんだ」

若宮はデスクの上に載った写真立てを見た。釣られて目をやると、黒猫の写真が飾られている。

怪訝そうな顔をした目つきの悪いスレンダーな黒猫だった。

「こいつは実家にいる猫だよ。雨の中、濡れそぼっていたのを拾って実家にあずけたんだが、おれには全然なついてくれなくてね。帰省するたびに引っかかれるなんて淋しいもんだよ。やっぱり毎日世話をする人間にはかなわないものだな。この鈴だって、おれがプレゼントしたのに」

写真立てをトンと指先ではじき、若宮が拗ねたように言う。

猫の首には、紫色の小さな鈴。この男がそんなものを買う姿は想像ができない。

干渉されたいと、甘ったれたことを口にする男。ペットの代わりに鉢植えを育てている男。英語は苦手。猫になついてもらえなくて淋しい。他人を傷つけたくないし、自分も傷つきたくない。

ふと、この間、大学のキャンパスでのことを思いだし、早瀬は冷ややかな目で若宮を見つめた。

強い男だ……と思った。己の弱さを客観的に口にし、他人に堂々と晒《さら》すことは難しいことだ。

出生《しゅっしょう》や過去へのコンプレックス……。

若宮と話をすると、なぜか、自分というものを意識してしまい、ひどくプライドが傷つけられるような気がするのだ。

そんな早瀬の心中に気づく由《よし》もなく、若宮が話を続ける。

「ひとに対してもそうなのかもしれない。若宮にたのめば何とかなる、困ったことがあれば若宮に言えばいい――と期待されると、やる気が湧いて、どんなに忙しくても力になりたいと思ってしまう」

プレッシャーを活力にするタイプか。早瀬はかねてからの疑問を問いたくなった。

「だから……ですか。気やすく相談を引き受けるのは」

「そうだな。期待されているんだ、結果を出さなければ……と、自分を鼓舞すると、法廷で思ってもみなかった論理が思いつくし、予想もしなかった裁判で勝訴を得られることもある」

誇らしげに言う若宮が早瀬には疎《うと》ましく思えた。

「早瀬、他人と関わるのはわずらわしいこともあるが、決してむだにはならない。むしろ、それによって見えなかったものまで見えてくることがある。おれはそれが好きなんだよ」

言ってることは理解できるが、考えを押しつけられるのはいやだ。

しかし、早瀬は以前のように若宮の言葉に逆らわなかった。

それは若宮の生き方であり、自分とは関係のないことだ。

長い年月が裏打ちして彼が納得してやってきたことを、自分が否定することはできない。

よくわからないが、それはそれで楽しいのだろう。

もしかすると、人間関係に縛られると思って避けてきた他人との関わりの中で、得られるはずのものを知らず知らずのうちに拒んできたのかしれない。

その中に喜びと新しい発見があるとも気づかず。

そう、先日のように——。

今でも早瀬は故郷の空気を好きにはなれない。帰りたいとも思わない。八坂《やさか》神社の朱塗《しゅぬ》りの鳥居《とりい》、静かな鴨川《かもがわ》の流れ、祇園界隈に響く舞妓たちの高下駄《たかげた》の音……。

しかし、以前のように嫌悪するだけの気持ちは消えている。

むしろ、時折、脳裏に浮かぶ故郷の風景をなつかしいとさえ思う。

あの空気の中で生きてきた自分というものがあって、今ここにいる自分が存在する。帰りたいとは思わないが、ただ澄みきった気持ちでそんな自分を受け容れることができるのだ。

それが若宮との関わりによって芽生《めば》えた感情だとすれば、それはそれでシャクにさわるのだが。

さすがに弁護士だ。と、思う。いつしか自分が説得されている。

「——若宮さん、昨日の口頭弁論ですが」

早瀬は話題を変えた。これ以上、話していると若宮の理屈に巻きこまれてしまう。

それも悪くないと思うが、まだ立ち止まりたくはない。自分を振り返りたくはない。

「口頭弁論？　ああ、そういえば、きみも傍聴席に座っていたな」

「あんな調子で大丈夫なんですか」

「ああ、あれには困ったね。相手の弁護士も痛いところを突いてくるな」

まさか、この会社の昔の重役の不正な行為まで法廷で読みあげられるとは思わなかった。と、明るく笑う若宮に、早瀬はいらだちを感じた。

「私が言うのもさしでがましいのですが、今回の訴訟、和解したほうが無難ではありませんか」

相手の弁護士が好き勝手にこちらの弱点を突いて、若宮は何の反論もできなかった。裁判官の心証も悪いはずだ。それに次回の口頭弁論にはあの木下が証人として出廷する。

「おれが負けると思っているのか？」

いまいましそうに呟く若宮に、早瀬は即座にうなずいた。

「ひどい男だな。おれを信じてないのか」

若宮が眉根を下げて苦笑する。早瀬は嫌味《いやみ》を含んだ言葉を吐き捨てた。

「たとえ勝ったところで官僚から睨まれたら、今後の会社運営に響きますから」

「本当に冷たい男だ」

若宮が眼鏡の奥の目を細めて笑う。大型犬のような人なつこい笑みをむけられ、ふいに、その屈託のない表情を歪《ゆが》めたいような、そんな衝動が芽生えた。

「そういう冷たい男を好きになったのはあなたじゃないですか」

つい冗談まじりに呟き、早瀬は鼻先で笑った。ななめに若宮を見つめ、口の端をあげて薄くほほえむ。若宮がためいきをつき、舌打ちした。

「ああ、そのとおりだよ」

投げやりに吐き、若宮が突然立ちあがった。

若宮の巨大な影が視界を覆《おお》い、早瀬がはっと目を見ひらいた瞬間。

若宮——!?

「な……」

背中からデスクに押さえこまれ、驚く間もなく唇が塞《ふさ》がれる。

「やめ……っ」

唇を割って、若宮の舌が口内に侵入していく。その生温かい感触に躰がさらに硬直する。

強張った舌を若宮の舌に絡め取られ、角度を変えながら口腔を貪《むさぼ》られていく。

大柄な躰がのしかかり、胸が圧迫されて苦しい。口の中を別の生き物が這《は》いまわっているような不快感が喉《のど》の奥からせりあがってきた。

「……ん……んんっ」

本能的な嫌悪を感じたのも束《つか》の間《ま》、唇を拘束《こうそく》したまま、若宮が早瀬のシャツをズボンから引きだしてたくしあげる。すっと腹部に触れた冷たい手の感触に、早瀬ははっとした。

指先が胸の突起《とっき》に触れ、押し潰すように撫でられていく。予想もしない行為に寒気が走った。

「や……っ」

覆いかぶさる若宮の腕を叩き、押しあげようとするが、重い躰はびくともしない。

こんなこと。どうして——。

まったく身動きが取れない。ただ息を止め、茫然《ぼうぜん》と目を見ひらくことしか。

自分は普通のサラリーマンだ。今まで女性としかつきあったことはない。

男なんて論外だ。なのに、どうしてこんな目に……。

「やめ……」

若宮の肩をつかんで、躰を動かそうと何度も試みる。けれど、力を入れれば入れるほど息があがり、自分にのしかかる重みが躰から余力を奪っていく。

少なくとも、これまではつかまれた手を振りほどくことができた。おそらく手加減していたのだろう。こうして本気になった若宮に、自分は何の抵抗もできない。

その歴然とした力の差に、早瀬の胸に恐怖が広がっていく。

それは生まれて初めて味わう恐怖だった。自分が同性によって完全に屈服《くっぷく》させられている。

頭脳でも仕事でもこんなふうに暴力的な支配を受けたことは一度もない。

まったくの不意打ちだった。

「……っ……っ」

若宮の唇がほおを伝って移動し、首筋の皮膚《ひふ》を強く吸われる。早瀬は懸命に唇を噛《か》み締めたが、舌先が首筋から鎖骨《さこつ》へと刺激を与え、快感とも寒気ともわからない感覚が腰へ落ちていく。

「あ……っ」

思わず息が漏れ若宮が早瀬の顔をのぞきこんできた。拘束がゆるんだその瞬間――。

早瀬はとっさに半身を起こし、渾身《こんしん》の力を振り絞ってデスクの上をあとずさった。

しかし、たくましい腕で巻きあげられるように腰をつかまれ、体軀《たいく》の下に引き摺《ず》り戻される。

ひざを割られ、その間に入りこんだ若宮が片手で早瀬の肩を押さえこんできた。

動きが封じられ、早瀬はこわばった顔で若宮を見あげた。

その眸からは、今までに見たことのない鋭利な光が放たれている。

自分を押さえつける男の力と同じ、そのまなざしに全身を圧迫される気がした。

「お願いです……もう」

息を喘《あえ》がせて言う早瀬の懇願《こんがん》を無視し、若宮が下肢《かし》に手を伸ばす。布の上から押さえこむように撫でられ、早瀬は身をすくませた。

自分の中心が反応し始め、その指を押しあげようとしている。

うそだ。そんなわけない。と、思うのだが、若宮の指に導かれ、そこが熱を孕《はら》んでいくのがわかる。

「やめ……たのみ……ま……っ」

指が性器を押し包み、ゆっくりと先端《せんたん》を撫であげていく。ゆるやかな刺激とともににじみ出る雫を指に絡め、塗りつぶすように弄《いじ》られて、ぞくぞくと腰のあたりに疼《うず》きが走った。

「ん……っ」

これは嫌悪なのか。それとも快感なのか。巧《たく》みに操られるうちに、少しずつ躰に広がる不思議な熱に、早瀬の額に汗がにじんでくる。若宮の指が動くたびに淫猥《いんわい》な水音が響き、それが自身からあふれ出るものの音だと知覚したとたん、強烈な羞恥に全身がさらに熱くなる気がした。

信じられない。信じたくない。なのに恥ずかしさを感じれば感じるほど神経が鋭敏《えいびん》になり、そこに加えられる刺激を追ってしまう。

いっそこの感覚に身をまかせてしまいたい。そんな思いすら胸をよぎる。

「……！」

まぶたを閉じ、早瀬が観念したそのとき、けたたましく内線が鳴った。

——電話が……。

早瀬は夢から醒《さ》めたように目をみはった。すっと躰を離し、若宮が受話器を取る。

「ああ、社長……か。わかった。今行く」

若宮はネクタイを整えたあと、早瀬を一瞥し、部屋をあとにした。

デスクの上に横たわったまま、早瀬は茫然とした面持ちで自分の躰を抱き締める。

油断していた。というよりも、想像もしなかった。

早瀬は起きあがり、乱れた前髪をかきあげようとした。そのとき、ふと窓ガラスに映る自分の姿が視界に移る。しどけなくシャツがはだけ、むき出しになった白い肩や胸……。

同性の圧倒的な力にねじ伏せられ、何の抵抗もできなかった惨《みじ》めな男がそこに映っていた。

耐えがたい屈辱と羞恥。なのにそこに溜まった熱が澱んだまま、今も躰を震わせている。

同性にこんな屈辱を受けながら、この躰は無情にも喜びを感じていた。

「べ、弁護士が……法を司《つかさど》る男がこんな振る舞いをしていいのか」

全身が小刻みに震える。怒りなのか悔しさなのか、躰に残る余熱のせいなのかわからない。

いや、それは猛烈《もうれつ》な自己嫌悪だった。

男に躰を押さえつけられ、まったく身動きできなかった自分。初めて知った自分の非力《ひりき》さ。

なのに、若宮の言葉に心を溶かしかけていた。

彼の生き方も悪くない、いや、むしろこれまでの自分よりも……と、納得してしまったことへの激しい後悔が早瀬の胸の奥から衝きあがる。

情けない、あんな男に気を許したなんて。許せない。絶対に許さない。今もくすぶる体熱を振り払うように、早瀬はデスクから下りて、パソコンのマウスをつかんだ。

そこには今まで自分が翻訳してきた大量の資料が画面に残っている。

プリントアウトすれば、数十枚に及ぶだろう。確定的な証拠とはなり得ないものだが、これがなくなれば、若宮は裁判に勝つ可能性が確実にゼロになる。

「自業自得《じごうじとく》ですよ、若宮さん」

データをSDカードに保存したあと、マウスを握り、人差し指でクリックした。一気にデータが消えたパソコンを確認し、ゴミ箱やファイルの中にあるわずかな資料さえも消し去っていく。

すべて終えると、早瀬はマウスから手を離し、口元に冷笑を浮かべた。

あとに残っているのは、昨日までにプリントアウトしておいた資料だけ。

若宮の引きだしから書類を取りだし、シュレッダーに差しこむ。

音を立て、小さく切り刻まれていく紙くずを見ているうちに躰から徐々に熱が冷めていく。

早瀬は急に笑いたい気分になった。

これを知ったら、あの男はどんな顔をするだろう。それでも自分のことを好きだと言えるのだろうか。人と人との関係——果たして自分との関係にも喜びがあると口にできるのか。

早瀬は声をあげて笑った。

おかしい。なにがおかしいのかわからないが、おかしくてたまらない。

笑いながらパソコンをしまうと、早瀬は若宮の部屋をあとにした。

「――早瀬！」

翌日、出勤したところを若宮に呼び止められた。朝のロビーに低い声がこだまする。

朝から騒々《そうぞう》しい。一気に眠気が醒めそうだった。

早瀬は立ち止まり、前から歩いてくる男を冷ややかに見つめた。なにが言いたいのかはわかっている。めずらしくけわしい顔をした若宮に、早瀬は内心でほくそ笑んだ。

こういう顔の若宮はひどく魅力的だ。バカなジョークを言ったり、優しく相談に乗るときの顔よりも、怒ったときのほうがずっと輝いているように感じられた。

「おはようございます」

平然とした顔で言う早瀬に若宮が舌打ちする。

「こっちへこい！」

出勤中のＯＬや社員が見つめる中、若宮は早瀬の肩をつかんで受付の奥にある応接スペースへ引っ張っていった。その一番奥、個室になった部屋の扉を開け、乱暴に早瀬の躰を押しこむ。

「どういうことなんだ」

「はい？」

けだるげに壁にもたれかかり、早瀬は腕を組んだ。乱れた前髪がはらりと額に落ち、そのすきまから見あげれば、若宮が怪訝そうに自分を見下ろしていた。

「書類だよ。全部、シュレッダーにかけただろ。データを出してくれ」

若宮が手を差しだす。悪びれもせず、早瀬はさらりと言った。

「あれは削除しました」

「何だと」

「告訴《こくそ》しないだけでも感謝してください。あなたの行為は明らかに強制わいせつ罪の未遂《みすい》です」

刑法一七六条と一七九条…と、早瀬が薄く笑って言いかけたとき、若宮が強い力で手首をにぎり締めた。はっとした早瀬を、若宮が鋭利な目で睨みつける。

「きみは自分のしたことがどういうことかわかっているのか」

「どうせ勝っても負けても会社が損をするんです」

口から出る言葉は冷めていたが、心の奥は虚《むな》しさにいらだっていた。

若宮を痛めつけることで自分自身のなにかが腐っていっているような気がする。

早瀬ははっきりと若宮に焦点を合わせず、伏《ふ》し目《め》かげんに視線を落とした。

本当は途中でやめた。できなかったのだ、表紙と目次を切り刻むことしか。それをすると、これまでプライドを持って生きてきた自分の人生を否定する気がしてできなかった。だがそのまま渡すのもシャクに触ったので、若宮が土下座をして返して欲しいと懇願してくるか、或いは「和解をする」と弱気な発言をしたら返そうと思っていた。

「和解はしない」

頭上で低く若宮が言う。怒りを押し殺したような声だった。

「官僚ごと倒せばいいんだろ」

投げやりに吐く若宮を早瀬は冷ややかに見つめた。次の口頭弁論まであと五日しかない。その間に官僚とトランスケイト社の癒着《ゆちゃく》を暴き、裁判で勝訴するなどできるわけがない。

「やってみればいいじゃないですか。あなたの勇姿を見に傍聴に行きますので。尤も、このままでは惨めな敗北者の姿を晒す可能性のほうが強いわけですが」

早瀬は挑発的に答えた。試したいのかもしれない。この男がどこまでできるのかを。

「敗北者……か」

眉をひそめたあと、若宮は鋭いまなざしで早瀬を見据えた。腕を組み、なにか考えこむようにゆっくりと息を吐いたあと、若宮は薄い笑みを見せる。

「いやな男だな。自分から誘っておいて」

誘って——!?

「私がいつ誘ったんですか！」

早瀬は目を見ひらいた。そんなおぼえはない。なにが原因でそんな都合のいい解釈ができるのだ。

「おれが惚れていると知って、わざとらしい素振りで挑発してきたじゃないか」

吐き捨てるようになじられ、瞬時に眉尻があがる。早瀬は思わず怒鳴った。

「誘ったおぼえはありません！」

片眉をあげ、若宮が組んでいた腕をほどく。

「……そう、なのか？」

まばたきもせず早瀬を凝視したあと、若宮が絞りだすような声で言う。

「それは……すまなかった」

早瀬は腕を組み、こめかみを震わせた。今さら謝られたところで、許してやる気はない。

「しかし、無意識にもほどがある。その妖《あや》しい目で何人の男を悩殺《のうさつ》してきたんだ」

「そんな男はあなただけです‼」

早瀬はさらに大声で怒鳴った。と、同時に脳の奥で、ふいを衝かれて押し倒されかかった過去のいくつかの記憶がまざまざと甦《よみがえ》り、早瀬は内心で舌打ちした。

確かに、若宮の気持ちを知りながら、挑発的なことを口にした自分にも非がある。

怒りのあまり、データを捨ててしまったことは悪かったと思う。会社で公私混同をしないことを誇りとしてきたのに、あきらかに自分の行為は私怨《しえん》に端《たん》を発したものだ。

ふっと早瀬の胸に後ろめたさが湧いたとき、若宮が冷たい笑みを浮かべた。

「勝ったら、おれのものになれ」

ひずんだ若宮の声に、早瀬は息を呑んだ。

何だと――。

怒りをこらえ、早瀬は視線を逸らした。

反省してたんじゃないのか、この男は。謝罪したあとに、よくもそんなことを……。

もしかすると、この男は自分をからかって楽しんでいるのだろうか。だとすれば、これ以上、本気になって逆らうのもバカバカしい。いや、しかし、ここで引き下がるのもシャクにさわる。

勝訴の見こみのない、完全不利な裁判。これまで一度も負けたことのない男が、初めての敗北を味わうかもしれないというのに、本人はまだ勝つつもりでいる。

早瀬は唇の端をあげ、ほくそ笑んだ。

おもしろい。それならば、挑戦を受けてやるのもいいかもしれない。

ななめに若宮を見あげ、これ以上ないほど、挑発的な微笑を浮かべる。

「……勝てたなら、どうぞご自由に。ただし、本当の意味で勝った場合だけですよ」

ただ裁判に勝つのではない。そこには、官僚の不正を暴くこともふくまれている。

「それくらいわかっているさ」

不敵に答え、若宮は早瀬の肩に手をかけた。

「契約成立だな」

若宮が肩をつかむ指に力を加える。骨に喰いこむような強さに、早瀬は浅く息を呑んだ。

「こちらにも条件があります。負けたときは二度と私に近づかないでください」

冷淡に言い、早瀬は若宮の返事を待った。すると。

「少し……手付金を払わないか」

若宮は眼鏡を取って、肩にまわしていた手をゆっくりと滑らせ、早瀬の腰を抱きこんだ。

初めて間近で見る裸眼《らがん》はくっきりとした二重《ふたえ》を描き、色素の薄い眸からはいつもの甘さが削《そ》ぎ落とされている。顔をそむけ、早瀬は小声で呟いた。自分を舐めるように見る若宮の視線を感じながら。

「負けたときは損害賠償を請求しますよ」

「ああ。二度ときみに近づかないよ」

「それならけっこうです」

顔をあげた瞬間、ふわりと唇が塞がれる。

誘惑と脅迫《きょうはく》のくり返し。その果てにあるおぼろげなものへの手付金。

躰をかすかにこわばらせ、静かに目を閉じると、ふわりと鼻腔に煙草の匂いが突く。

唇が早瀬の唇を食《は》み、侵入した舌が歯列を割って内側の粘膜を確かめるように口腔の奥をさぐる。

根元まで舌を絡ませ、唇の角度を変えていく若宮。こんな口づけは初めてだった。

「ん……」

背中にまわった腕が強い力で腰を抱き、搦め取られた舌が若宮の口内へと引きこまれる。歯で舌先を甘く嚙まれ、息が徐々にあがっていく。このまま喰らい尽くされてしまうかもしれない。と、感じてしまうほど激しく貪られていく。

なのに、昨夜とはちがう。

心臓が、肌が、全身の細胞が、舌先から広がる痺れるような甘い痛みに昂揚《こうよう》している。

なぜこれほどまでに求められるのかわからない。

骨がひしぐほど抱き締められ、息ができないほど唇を蹂躙《じゅうりん》され……。

相手は男。しかも最も嫌いなタイプの。明るい笑顔でこちらの自尊心を悉《ことごと》く傷つける男なのに。

それなのに、なぜか肌が粟立《あわだ》つ。

その数日後――。

真夏の強い陽射しが霞ヶ関の官庁街に降り注いでいた。

冷房の効いた地下から一歩外に踏み出した早瀬は、ぎらつく午後の陽光に目を細めた。

東京地方裁判所の正門前。

鉄製の門の中では、傍聴の抽選《ちゅうせん》を待つ長蛇《ちょうだ》の列が壁に沿って続いている。門の外には『無罪を勝ち取ろう』といったプラカードを手にしたデモ隊。日傘をさして、建物をスケッチしている団体。

金属探知機で手荷物を調べられたあと、受付で法廷番号を訊く。

マイクテストが行われている中、早瀬は法廷の扉を開けた。

冷房の効いた乾いた空気と緊張感が躰を包む。左の隅の席にはマスコミの姿。傍聴席は企業関係者で埋《う》まっている。早瀬は中央の列の目立たない場所に腰を下ろした。

「すみません、少し詰めてください」

声をかけられ、奥に詰める。隣に座ったのは、先日の口頭弁論で見かけた二人の検察官だった。

上司と部下だろうか。麻《あさ》のスーツを着た五十代くらいの男と黒縁《くろぶち》の眼鏡をかけた早瀬と同じ年くらいの男だった。胸の秋霜烈日の検察バッジが蛍光灯《けいこうとう》を反射して光っている。

かつて、あの男もこのバッジをつけていたのか——。

早瀬はふと想像をめぐらした。明るく笑っているときにはひまわりのバッジが似合うが、たまに見せる鋭いまなざしにはこのストイックなバッジのほうが似合うかもしれない。

検察庁に残っていれば、若宮は検事総長《そうちょう》にまで出世しただろう。あるいは、裁判官に転身することも可能だった。多分、自分なら、そうした。

——どうするつもりなんだろう。

早瀬は腕を組み、まだ空席になっている弁護士席に目をやった。

やがて左側の席に、トランスケイト社の弁護士が現れる。まだ若い、若宮と同い年くらいの、やはり眼鏡をかけた弁護士だ。

彼の秘書だろうか、若い女性が先日会った木下という化学者を証人席へと誘導する。

法廷の柵の中には木製の衝立が設置され、そのむこうにも誰かが座っている。

裁判所の職員がさきほどから何度もそこに行って小声で話をしていた。

「若宮さんですよ」

隣に座った検事に釣られ、入り口を見ると、若宮が秘書も連れず一人で法廷に入ってきた。

それまでざわついていた空気が瞬時に静まる。若宮は早瀬をちらりと見た。絡めた視線をスライドさせ、隣の検事たちに目礼《もくれい》し、入り口脇にある長机に荷物を置く。

そこに置かれた一枚の紙に名前を署名《しょめい》し、印鑑《いんかん》を捺《お》したあと、若宮は法廷の柵の中に入って右側の弁護士席に着いた。

息を詰めてその姿を見ながらも、早瀬はかすかな頭痛を感じていた。

どうにも信じがたい。大切な法廷に、若宮がどうしてあんな派手な服で訪れるのか、が。

イタリア系の派手なオフホワイトのデザイナーズスーツ、シャツは黒、ネクタイと靴は揃いの派手なブランド製品だった。長身で知的なハンサムなのだから、もう少し抑えれば好感度があがるだろうに。むこうの弁護士はグレーのダークスーツを身に着け、殺風景な法廷とうまく調和している。

なのに若宮とくれば……。

これでは、無能だと自己申告しているようなものではないか。と、あきれて肩を落とす早瀬の横で、追い討ちをかけるように囁き合う検事たちの声が鼓膜《こまく》に入ってくる。

「あの格好。若宮さん、弁護士になって一本線が切れたみたいですよね」

部下が上司に耳打ちする。

「あいつのことだから、なにか考えがあるのだろうよ」

「この裁判、どうするつもりなんでしょう。先日の口頭弁論の様子だと、和解するほうが無難なのに」

「したたかで怖い男だ。あいつは今まで追い詰めた獲物《えもの》をのがしたことはないことだし」

なにか考えがあるのだろう、と。上司が呟くと、部下が苦笑いする。

「そうですね。切れると怖いと評判でした。検事総長を殴りつけたこともありましたし、私も歯を一本折られました」

わかる気がする。彼らの話を聞きながら早瀬が内心でうなずいていると、裁判官が現れて廷吏《ていし》が事件番号を読みあげ、口頭弁論が始まった。

口頭弁論とは、裁判官を前にした公開の法廷で行われる裁判手続きをいう。そこで、たがいの主張、答弁が行われる。

刑事事件とは異なり、民事事件は検察官が関与しない。裁判を起こしたほうを原告、起こされたほうを被告という。ただし被告といっても、犯罪の容疑者を指すわけではない。たがいに代理人として弁護士を立てて自分たちの主張を行い、争点を明らかにするのだ。その後、証拠調べを行って、最後に裁判官が判決を下す。

テレビドラマなどで見慣れた刑事事件とは多少ちがうが、企業社会となった今の時代、現実はこういった民事裁判のほうがひんぱんにくり返されている。

「では、原告代理人」

裁判官にうながされ、トランスケイト社の弁護士が証拠書類を読みあげる。木下が提出した建材の化学的分析データだった。

「……という分析結果により、我々には何ら瑕疵がないことが認められます。よって、倉橋物産の行為は明らかに債務不履行と解釈でき、民法四一五条に基づいて、損害賠償請求しているのであります」

左側にいる相手方の弁護士が書面を読みあげている。

「被告代理人。この文書の成立の真正《しんせい》を認めますか？」

「認めません」

若宮が低く言う。

「では、原告側証人。証言台へ」

うながされ、木下が証言台に立って、宣誓書《せんせいしょ》を読みあげる。

「この分析データを作成されたのは、木下教授ですね」

相手方の弁護士が木下を誘導し、証拠書類の正当性を引きだしていく。トランスケイト社が用意した建築資材には何の問題もなかった……と化学的に説明を加える。

やがて尋問が終わったあと、弁護士は木下の経歴を紹介し、彼がいかに優れた化学者であるかを裁判官に訴えた。

「環境問題の第一人者として、教授は常に発展途上国に支援をほどこすよう国会に嘆願しています。また部下たちに対しても、親のようないたわりをもって奨学金の申請等で……」

賞賛に満ちたまなざしで木下を見つめ、弁護士は優しいまなざしと親しみやすい声を使って称《たた》えていった。すると、次第にすばらしい人格者としての木下像が浮き彫りにされ、彼の作るデータに間違いがあるはずはない——という理屈がさも正しいことのように聞こえてくる。

いやな弁護士だ、と思う。

典型的なシュガーリップ、つまり口先がうまい弁護士に感じられた。

しかし傍聴人やマスコミはちがう。巧みな弁術《べんじゅつ》によって、相手方の弁護士の世界に引き摺りこまれているようだ。

どうして異議を唱《とな》えないいんだ——。

早瀬は若宮にいらだちをおぼえた。証人の人格など、実際のところ、裁判の内容と何の関係もないじゃないか。うますぎる理屈や賞賛など必要ない。法廷は真実だけで勝負する場ではないのか。

内心で焦る早瀬とは逆に、若宮は腕を組み、その言葉にじっと耳をかたむけている。

「――では、反対側の尋問を始めてください。被告代理人」

「はい」

若宮は立ちあがった。鋭利なまなざしで木下の全身を睥睨《へいげい》する姿は高圧的で、自信にあふれていた。

これまで見てきた若宮とは別人のようだ。こちらからは証言台に立つ木下の表情が見えないのが残念だった。

表情の鋭さとは対照的に、静かに、おだやかな声で若宮が話し始める。

「木下教授に尋問します。昨年の十二月八日最高裁第一法廷でも、やはりトランスケイト社に依頼され、証拠書類として化学分析データを提出されましたね」

「はい」

「そのときはトランスケイト社が廃棄《はき》処分した汚泥《おでい》の化学分析でしたが、それとまったく同質の汚泥に対するアメリカでの裁判の記録があります」

トランスケイト社がアメリカで海洋投棄処分した資材の分析データ。それを若宮は書類も見ずに説明していく。

その内容を耳にした瞬間、早瀬は思わず立ちあがりかけた。

どうして……。自分が隠した資料と寸分違《すんぶんたが》わないことを。

早瀬は唇を噛み、若宮の姿を凝視した。

若宮は、まず最初にアメリカの裁判で問題になった水銀、カドミウム、PCB、有機塩素化合物の含有量を説明した。そして、そのときと同じ資材を使ったにもかかわらず、国内の裁判の分析データには、なにも記されていなかった——と若宮が端的に事実を明かしていく。

これは、あの資料の内容と同じ。

いつのまに記憶したのだろう。見たとしても、たった一度軽く目を通した程度だった。その内容を若宮は数字ひとつ間違えずにおぼえている。しかも、いつの新聞、どの書籍、どこの裁判から引用したか、日付や場所のすべてを。

能ある鷹《たか》は……というが、ふざけた態度を見せながら、こちらの仕事をここまで完璧《かんぺき》に把握していたとは——。

早瀬は喰い入るように、若宮を見つめた。

決定的な証拠にはならないが、落ち着いた声音、的確に要点だけ押さえて説明していく言葉によって、徐々に裁判の主導権が若宮に移っていく。

若宮は過度な賞賛や甘い言葉を使おうとはしない。すっきりとした理論によって、相手方

のさきほどの言葉が今ごろになって白々しい甘言だったという印象に覆《くつがえ》してしまう。

「……以上のことによって、その件について教授はどのようにお考えでしょうか」

若宮の尋問に、教授の肩が震える。すかさず原告側の弁護士が手をあげた。

「異議あり！　被告代理人の尋問は本件の本筋から外れていると思われます」

「異議を却下《きゃっか》します。被告代理人、続けてください」

裁判長にうながされ、若宮が続ける。

「教授は先に私の依頼で化学分析を行っていますね。そのときは、確かホルムアルデヒドの含有量が環境基準値を超えたとおっしゃっていましたが」

「最初の分析は間違っていた。そう伝えたはずだが」

「最初のデータを出してくださったのが二カ月前。今回のデータが今月初め。その間に、教授は目白《めじろ》の料亭で、国土交通省職員と会席をともにしてますよね」

冷たくほほえみ、若宮は教授を見据えた。

「な……何だと」

「その国土交通省職員は、あなたの部下の元配偶者で、本部政策局の局員……」

相手の反応をさぐるように言う若宮は、一度も木下から視線を外そうとしない。その不敵な面構えから、早瀬には彼がなにをしようとしているか想像がついた。

いや、しかし、まさか、そんなことはあり得ない。

腕を組み、早瀬は息を詰めた。相手方の弁護士が手をあげる。

「異議あり！　裁判長、被告代理人の尋問は本件の本筋から外れていると思われます」

今までとちがって声がかすかにうわずっていた。若宮は勝利を確信したようなまなざしで、相手方の弁護士を見据えている。獲物を前にした獣《けもの》のそれだった。

「異議を認めます。被告代理人、質問の内容を変更してください」

「いえ。裁判長、以上でこちらの尋問を終わります」

若宮は椅子に座り、自分の書類になにか書きこんでいった。

「では、被告側証人。宣誓をしてください」

裁判官は衝立のむこうにいる人物に視線をむける。衝立のむこうでは、職員と誰かが小声で話していた。証人は、裁判長の許可があれば、口頭でなく書類のみでも供述《きょうじゅつ》できるし、プライバシーや立場を考慮し、顔を出さないままの発言や、音声を変えることが可能だ。

本当に……そうなのか。

さきほどから確信しつつ、それでも信じられないでいる疑問を胸の中で問いただす。

そんな大バカがいるとは思えないが、今まで若宮が勝ち続けてきた裁判の数々……その記録を読んだかぎりでは、確かに、あの人物を証人として連れてきたとしても不思議はない。

しかし、それはあまりにも……。早瀬が内心で呟いたそのとき――。

「証言台で話をします」

なめらかな女性の声が聞こえ、衝立のむこうから細身の女性が出てくる。小柄で細い躰をした女性は想像どおりの人物だった。以前に見たときの面やつれが消え、すっきりとした表情をしている。

ああ、やはり……。と、早瀬は硬くまぶたを閉じた。

女性が宣誓書を読みあげる。若宮が女性に証人尋問を始めた。

「まず、あなたの名前と職業をおっしゃってください」

「織田奈津子《なつこ》。E大大学院化学研究所で木下教授の下《もと》で働いております」

女性の言葉に、傍聴席がざわめく。彼女は離婚のトラブルで若宮に法律相談をしていた女性だ。

早瀬はまぶたをひらき、じっと女性の後ろ姿を凝視した。

自分には理解できない。上司に反して、相手側の証人になるなど。

いくら若宮が法律相談に乗ってくれたからといって……。

「あなたは、木下教授が最初に検出したデータの正当性を認めますか」

若宮の質問に彼女が「はい」とうなずく。

「あなたの前配偶者との不正な取引の現場にも一緒にいましたね」

「はい」

「そのときのことを話してください」

「はい。前夫の上司はトランスケイト社から五千万の金を受け取っていました。前夫はその上司のたのみで木下教授との席を設《もう》けました」

彼女の話が続くにつれ、法廷が静まり返っていく。

国立大学の研究所と国土交通省が一体となった汚職事件の概要《がいよう》。官僚と財界の関係が浮き彫りになるにつれ、そこにきていたマスコミの間に動揺が走っていった。

静粛《せいしゅく》に……と、裁判官がうながしてもざわめきは収まらない。

「——不正取引は金だけが目的ではありませんね。その他にどういう理由があるのか、あなたは知っていますか」

周囲のざわめきを無視し、若宮が尋問を続けていく。

「はい。天下りの官僚A氏が、過去の不法行為を封じる相談を夫に持ちかけていました」

女性が淡々と答えるごとに、傍聴席が騒然としていく。

いいのか、そんな話をして。早瀬は内心で女性の背に問いかけた。

法廷で顔を出し、証言をすること。正義のためとはいえ、彼女自身の立場、今後の将来を考えれば、簡単にはできないことだ。仕事を失うかもしれない。いや、身の危険すら。

それなのに、どうして——。

息を詰め、早瀬は若宮を見た。この男に、すべてをなげうって味方するだけの価値があるのか。

自分にはわからない。わかりたくないのだが、ひとつだけわからなければいけないことがあった。

それは、自分は若宮の側面しか見ていなかったということ。

人と人との繋がり。おそらく自分には理解できない深い繋がりが、若宮とこの女性の間にあったのだろう。でなければ、ここに出廷することはない。

早瀬の疑問が敗北感へと変わっていく。

若宮に対して。と、同時に、勇気を出して、証言台に立ったこの女性に対して。

負けた――。そう、負けたのだ、自分は。

早瀬は内心で苦笑を浮かべた。

「これで検事正《けんじせい》も重い腰をあげるだろう。本格的に捜査できる」

ざわめきの中、隣にいた上司が立ちあがり、部下の肩を叩く。

「若宮さんがわざわざマスコミを呼んだのはそのためだったんですね」

もう一人の検察官も立ちあがり、勢いよく出口へとむかう。若宮が視線をやると、彼らは目で合図を送り、そのまま部屋を出て行った。

「以上で、証人尋問を終了します」

若宮が席に着き、女性に目礼する。

この裁判で完璧に官僚の不正を暴くことは裁判の論旨《ろんし》から外れるので、これ以上の追及はなされなかった。しかし、若宮がきっかけを作ったことで事件が世間《せけん》に知られるところとなり、すぐに特捜部が強制捜査に踏み切るだろう。

結局――。その日、相手方の弁護士は告訴を取り下げた。検察側からの事情聴取《ちょうしゅ》とともに。

あんな約束をするんじゃなかった――と、後悔してもどうしようもない。

早瀬は表情には出さなかったが、うなだれた気分で若宮の部屋を見渡した。

若宮が代官山に購入した高級マンションの二十二階。

裁判終了後、悠然と近づいてきた若宮に腕をつかまれ、早瀬はさらわれるようにここまで連れられてきた。

明かりの点いたリビングには甘い花の香りが漂っている。おそらく夜来香だろう。

淡い色をしたフローリングの床と天然木の家具。本や書類、雑貨にあふれ、雑然としそうな部屋だが、色彩が抑えられているため、すっきりとまとまって見えた。

その部屋の中央で、早瀬は居心地悪さを感じながら、ソファに座っていた。

隣の部屋からは、さきほどから若宮が織田という女性と電話で話すのが洩れ聞こえてくる。

「本当にありがとう、織田さん。大丈夫だ、特捜の連中にもたのんでおいた。きみとご子息《しそく》の安全は保証する。再就職の件も」

そう言って電話を切るのがわかった。若宮がワインを片手にリビングに戻ってくる。

「酒でも飲むか」

ガラステーブルにグラスを置き、若宮が冷えたワインを注ぐ。その表情は裁判中とは別人のように明るく、おだやかなものだった。

「あの……彼女、織田さんですが、どうやって説得したんですか」

「いつもどおりだ」

「最初から勝算があったわけですね」

「まさか。勝算が最初からある裁判なんて一度もない」

「だったらどうやって」

「いいじゃないか、色気のない話題は。やっと訴訟が終わったんだ。今度は錯誤無効なんて言うなよ」

甘い声で囁かれ、あごをつかまれそうになる。とっさに立ちあがり、早瀬は窓辺にあとずさった。

肩がぶつかって振り返ると、眼下に東京の夜景が広がっている。

そして、ベランダのすみには、黄色っぽい花の鉢植えが見えた。窓のすきまから夜風が入りこみ、小さな花からはその大きさから想像もつかないほどの香りが散乱し、甘い香りが早瀬を包む。

「往生際《おうじょうぎわ》が悪いぞ」

若宮がゆっくりと歩みよってくる。

「おれが嫌いか?」

若宮が目の前に立ちはだかり、窓に手をつく。動揺を隠し、早瀬は若宮を見あげた。

「嫌いです。暑苦しいですから」

冷然と言った言葉に若宮の眸がかすかに揺れる。顔を逸らし、早瀬は大きく息を呑んで目を閉じた。

「でも、残念ながら、あなただけでした。花の香りがあることを思いださせてくれたのは」

そう、多くのよけいなことをこの男は自分に気づかせ続ける。

ゆっくりまぶたを開けると、若宮が身をかがめて顔をのぞきこんでいた。

「花の……香り?」

目を眇めて問いかける若宮に早瀬は小さくうなずいた。

「人との関わりが予想外の結果を生む。そのことに気づかせようとするあなたが嫌いです」

「おれは早瀬が好きだよ」

さらりと言って、若宮がほほえむ。いつもの優しげな笑みで。

「いやがるのはわかっているが、おれはきみを独占したい」

真顔で言われ、早瀬は視線を落とした。

独占……。この男のことだ。イエスと言えば、暑苦しくまとわりついて束縛してくるだろう。くだらないダジャレを飛ばし、食事にしつこく誘って。そんなことに耐えられるのだろうか——？

「独占なんてまっぴらです。でも……」

早瀬は言葉を止めた。

「早瀬？」

若宮の顔がなおも近づいてくる。早瀬は顔を背けたまま、再びまぶたを閉じた。

「しかたありません、約束ですから」

それ以上、なにも言えなかった。肩に手を伸ばし、若宮の手があごに触れる。そっと唇が重ねられ、優しくついばまれていった。

「きみにしては、上等の返事だよ」

こんな男、どうでもよかったのに。ただの群集Aでしかなかったのに。

「男同士なんて……どうするのか、まったく知りませんよ」

早瀬はぶっきらぼうに呟いた。

「おれも初心者だが、これがあれば男同士でも大丈夫らしい」

若宮がスーツのポケットから水色の半透明のビンを取りだし、にこやかに笑う。

目に飛びこんだ潤滑剤《じゅんかつざい》という英字のラベルを、早瀬はいまいましげに睨みつけた。そんなものを用意していたとは……。怒りをこらえきれず、早瀬はくるりと若宮に背をむけた。

「まったく、あなたって人は！」

「待て、早瀬！」

無意識のうちに玄関に進んでいた早瀬の肩を若宮がつかむ。

「な……っ！」

あっと言う間に、たくましい腕に抱きあげられる。足早にリビングを通りぬけ、若宮が奥の寝室へとむかう。そこには、キングサイズのベッドが置いてあった。

早瀬は心もとない気持ちで、オフホワイトのシーツを見下ろした。

どうすればいいのだろうか。ここにきてまだ実感が湧かない。自分が同性に抱かれることに。

「約束だろう？」

低い声で囁かれ、躰がベッドに投げだされる。見あげると、視線が絡む。

薄い色をした非情そうな双眸。法廷で勝ちを確信したあのときと同じ。眼鏡の奥の眸は獲物を捕らえた獣のようだった。もしかすると、これが若宮の本当の姿なのだろうか――。

怯《ひる》みそうになるのを押し隠し、早瀬はさぐるように若宮を見た。

「その目……きみは本当に罪な男だ」

意味のわからない呟きを漏らして、若宮がシャツを脱いでいく。引き締まった筋肉で形成された、想像以上に精悍な躰に目を奪われているうちにすばやく肩をつかまれ、熱い唇が押し当てられる。

頑《かたく》なに塞ごうとする唇をひらき、若宮の舌が口腔に入りこんできた。軽く唇を重ねたさきほどの口づけとはちがう。強引に貪られた最初の口づけともちがう。

「ん……ん」

喉の深い部分を攻め立てられ、ままならない呼吸の苦しさに息があがる。ゆっくりと舌を搦め取られていくうちに、若宮の手がいつしかシャツの上から小さな突起を探り当てて、そこを揉みしだいていく。布越しとはいえ、それだけでぞくりと腰のあたりが震えた。

口内に広がる温かくやわらかな感触。じっくりと丹念《たんねん》に唇と胸を弄《もてあそ》ばれ、躰から力がぬけ、意識が蕩けそうな気がした。

「……ふ……っ」

ようやく唇が離れ、早瀬は肩を喘がせた。濡れた唇から滴り落ちそうになった雫を手の甲でぬぐう。

最初に感じたような嫌悪はもうない。それでも……。

どうにも腑《ふ》に落ちない。嵌《は》められたような釈然としない気持ちが胸に広がっているのは否めない。

口内と胸に広がる余韻《よいん》を何とか振り払おうと、乱れた前髪を梳きあげたとき。

若宮の腕が早瀬の腰を引きよせ、襟元に手が伸びてくる。

はっと顔をあげ、早瀬はその手を払って自分の胸元をつかんだ。が、すでにネクタイはなく、ボタンもいくつか外されていた。

「服くらい自分で脱げますから」

身を起こしてあとずさったものの、若宮に引き戻され、組み敷かれてしまう。

「おれの楽しみを奪うな」

まじめな顔でよくそんなことが言えるものだ。とあきれる早瀬のことなどおかまいなしに、若宮が器用な手つきでベルトを引きぬき、ズボンを脱がしていく。

「随分《ずいぶん》、色っぽい下着を着けているじゃないか」

若宮が薄く笑う。からかうような言い草に眉を吊りあげた瞬間、足首をつかみあげられ、早瀬は驚いて目を見ひらいた。足の指先に若宮が唇を這わせる。

この男は、いったい、なにを……してるんだ。

早瀬は奇妙なものを見るようなまなざしで若宮を見つめた。足の指先を口に含まれ、濡れた舌の感触に心臓が跳ねあがりそうになる。とっさに飛び起き、若宮の頭を蹴飛ばした。

「なにするんだ！」

「変態！　ふざけてるんですか」

「おれはまじめに奉仕《ほうし》している」

若宮は早瀬のひざをつかみ、ベッドに押さえつけた。

「これのどこが！」

手を払おうともがくが、まったく身動きが取れない。それどころか反対にひざを大きくひらかれ、若宮の視界に、すでに反応し始めている下肢が晒される。

「若宮さん‼」

と、叫んでも反応はない。無視を決めこんだらしい。こちらの表情を確かめるように顔を見つめ、若宮が再び足先に舌を這わせる。ゆっくりとゆるやかに。

その生温かな感触にくすぐったさが駆けぬける。けれど同時に奇妙な疼きが芽生え始め、この感覚をどう受け止めていいのかわからず、早瀬は茫然とその様子を見ることしかできない。

足先、甲、そして踝《くるぶし》……と丹念に舐められるうちにざわざわと肌の奥が騒がしくなる。たまらずまぶたを閉じた。やがて若宮の舌先が内腿《うちもも》にたどり着く。ふわりと髪が触れたかと思うと、皮膚の薄い部分を軽く噛まれ、早瀬は腰をくねらせた。

けれど、身をよじったすきに、腿まで覆っていたシャツの裾がまくれあがる。すかさず若宮は下着越しに早瀬の性器を揉みしだいた。

「や……」

若宮の肩を叩こうとするが、手首を押さえられる。あっけなく下着が剝《は》ぎとられ、そこを見た若宮が片眉をあげる。こんな男に反応している自分がたまらなく恥ずかしい。

「ふざけないでください！」

早瀬はこめかみを震わせ、若宮から眼鏡を奪い取った。驚いて顔をあげる若宮を無視し、眼鏡を床へと投げ捨てる。

「きみでも恥ずかしいことがあるのか」

ふっと、若宮がほくそ笑む。そのまま早瀬のシャツをたくしあげたかと思うと、下肢の間に顔をうずめてきた。

「……！」

あわててのがれようとするが、すかさず根元をつかまれ、先端を舐めあげられる。とろりと沁《し》みでた雫を舌ですくわれ、それを絡ませるようにしながら若宮がそこを攻め立てていく。

「よ……よくもこんなことを」

若宮の髪をつかみ、自分から引き剝がそうとするが、温かな舌に濡れた音を立てられながら嬲られ、もう躰に力を入れることができない。

「ん……っ……んっ」

ふるふると首を左右に振る早瀬に気づいて若宮が動きを止め、目を細める。

「彼女にやってもらったことはないのか？」

早瀬は口を噤んだ。同性だけでなく女性からも迫られることは多い。何度かベッドに連れこまれたとき、積極的にしてくれたので経験はある。けれど自分はいつも冷静だった。醒めた目で見ていた。

こんなにいやらしく、こんなに息を震わせる行為ではなかったから……。

「おれはないんだ」

若宮が舌先で尖端を刺激していく。早瀬は心もとない表情で若宮を見つめた。

この男は、こんなにも自分を欲しがっている。これほどまっすぐに他人から求められたことは一度もない。そんなに欲しいのなら——。

覚悟を決めたように目を固く瞑り、早瀬は大きく息を吸った。

ゆっくりと形を確かめるように若宮の舌先で嬲られるうちに、そこが充血して熱を孕《はら》んでいく。

自然と腰がよじれ、知らず躰を仰《の》け反《ぞ》らせてしまう。

「あ……ぁ」

そして、この声。今までに一度も聞いたことがない自分の甘い声に早瀬は愕然《がくぜん》とした。

尖端から滴る蜜をすくい取り、甘噛みのあとに、痛いほど強く嬲っていく、そのくり返し。

いつしか早瀬のそこは若宮の口内で膨張《ぼうちょう》し、もうこらえきれなくなってきた。

「……ま……待……っ」

髪をつかんでもう一度若宮を自分から離そうと試みる。けれど、すいと裏筋を舐められ、躰に電流のような痺れが走った。

「ん……ん……あ……あ」

激しい羞恥ととまどい。なのに、喉から漏れ出る声は艶が加わっている。

これ以上……耐えられない。根元を強くつかまれ、快感が躰の奥を一気に駆けあがる。

ひときわ鋭い快感が衝きあがってきた瞬間――。

「あ……あぁっ！」

若宮の口に欲望をほとばしらせていた。ひざがわななき、うなじや背筋には汗がにじんでいる。

甘苦しい解放感と疲労感。ぐったりとベッドに横たわり、息を荒立てたまま、早瀬が目を閉じようとしたそのとき。

突然、下肢に冷たいものを感じ、早瀬は目を見ひらいた。

「――っ！　あなたは……な……なにを」

「大丈夫だ、ちゃんと馴らすから」

閉じられたひざが若宮のひじで大きく広げられた。濡れた指先が窄《すぼ》まりに触れ、思わず腰が跳ねあがる。鼓動が早打ちし、恐怖に背筋が凍りつく。

入り口にたどり着いた指が円を描くようにやわらかにそこを撫であげ、やがて窄まった粘膜を広げていく。とっさに全身をこわばらせたため、そこが侵入を拒み、指を締めだすのがわかる。

「もう少し楽にしろ」

若宮が潤滑剤をもう一度手のひらに落とす。早瀬の目の前で透明な粘着質の液体を丹念に指に絡ませた。

「少し我慢しろよ」

低く呟き、若宮は濡れた二本の指で強引にそこをこじ開けようとした。

「……っああ……！」

痛みに顔を歪め、早瀬は上体を仰け反らせた。内部で若宮が二本の指を絡ませ、硬い粘膜を押し広げていく。そのあまりの痛みと異物感に息ができない。早瀬はシーツに爪を立て、四肢を突っ張らせた。

「ん……ふ」

内部で蠢く指の奇妙な感触。少しずつ窄まりが広げられ、体温で温まった液体が若宮の指に絡んで滴り落ちていく。いつしか内側が収縮しながら、若宮の指を引きずりこんでいた。

あんな契約するんじゃなかった、と思う。こんなことをするくらいなら土下座でもして逃げだせばよかった。そんな後悔が胸の奥からせりあがってくる。

きっと自分はこのまま嘖《さいな》まれ、殺されるのだ。

好きだ、欲しいと言いながら、この男は自分を苛《いじ》めて楽しんでいる。

そう思った瞬間――。なにかがこめかみに触れる。

「大丈夫、おれにまかせていればいいから」

早瀬の肩をかかえあげ、若宮がそっと引きよせて抱き締めてくれる。潤んだ早瀬の眸を、若宮が心配そうにのぞきこんでいた。色素の薄い眸の、思ったよりも暖かい色彩に吸いこまれるように、早瀬はまぶたを閉じた。

すると、閉ざされたまぶたの上に若宮が優しい口づけをくり返していく。そのしっとりとした、やわらかな感触に、不覚にもこのまま身をゆだねたい衝動が衝きあがってきた。

まぶたからほおをたどり、ゆっくりと重なってくる唇を確かめる。薄く唇をひらき、たがいの舌を絡めながら早瀬は、恐る恐る若宮の背に手を伸ばした。

唇に触れる熱さから若宮の心が流れこんでくる。

苛めているわけじゃない……痛めつけようとしているわけでも。

人と人との関わりはわずらわしいときもあるけれど、見えなかったことも見えてくる。

そう言った。この男はそれを教えてくれたから。

やがて甘く濃く耳朶《じだ》に舌を絡めながら、若宮がシャツのボタンを外していく。

胸をまさぐる手が胸の突起をさぐり当て、押し潰すように撫でてあげる。内壁では今も淫《みだ》らに指がうごめいている。早瀬は顔を歪め、身悶《みもだ》えした。

「ふ……んっ」

喘ぎを噛み殺し、早瀬は縋《すが》るように若宮を横目で見あげた。

「たのみがある。きみの、その斜めに人を見るまなざし。今後はおれだけに見せてくれ」

若宮は早瀬の中から指を引きぬいた。

敏感になった粘膜をこすられ、ほおが歪む。息を震わせ、早瀬は汗で張りついた額の前髪を細い指で梳きあげた。するとごくり……と、若宮が生唾《なまつば》を呑む。

「それも厳禁だ。心臓に悪い」

なにを言われているのかわからない。首をかしげる暇《いとま》もなく、性急に腰が引きよせられ、双丘《そうきゅう》が割られる。早瀬は無意識のうちに眸を閉じた。

シャツを脱がされ、濡れた入り口に硬いものがあてがわれる。身構えるすきもなく、硬い屹立《きつりつ》が粘膜にめりこんで衝撃が躰を貫《つらぬ》く。

「あ……ぁ……っ……ああ！」

熱い塊《かたまり》に内部を圧《お》し広げられていく。壮絶な痛みとともに、ゆっくりと引き裂かれていく苦痛。腰骨が軋《きし》み、四肢がばらばらになってしまいそうなほどの痛みに歯を食い縛る。

「わ……若宮………いや……あぁっ！」

耐えきれず、悲鳴が漏れる。猛烈な痛みと圧迫感に息ができない。心臓が止まりそうだ。

「……いっ……」

痛い。叫びたいのに声が出ない。ただ左右に顔を振ることしか。

若宮の性器が躰の内部で膨張し、激しく脈打っているのがわかる。

大きく身をよじり、息苦しさに喉が喘ぐ。繋がった部分からローションの雫があふれ、若宮が奥へ押し進むたびにあふれ出てくる。腰と腰、腿と腿、たがいの肌が密着してそこから汗ばんでいく。

「きつい。力をぬけ」

苦々しそうに若宮が耳元で囁く。

「そ……んな……こと……できな……っ」

突きあげられるたびに、自分の躰がこわばるのを止められない。自分がこの男を咥《くわ》えこんでいること自体、理解できないのだ。

体内で若宮のそれが硬度を増し、早瀬の内壁を圧迫していった。ゆっくり抉《えぐ》りこんだかと思うと、執拗なほど粘膜をこすれさせながら引き抜き、さらに奥を貫いて攻め立てていく。

「あ……はあ……ぁぁあっ」

体奥に強い刺激が加わり、早瀬は喉から嬌声《きょうせい》を漏らした。じわじわと痛みの奥にうっすらと快感が生じ、早瀬は無意識のうちに全神経でそれをつかみ取ろうとしている。

早瀬の嬌声に誘われるように、若宮の動きが加速していく。腰を揺さぶられ、躰を仰け反らせながら、甘い声を吐いて懸命に男にしがみ着く。

「お願……あぁ……やぁっ……は……ああ……っ」

自分がどうなっているのかわからない。脳が痺れ、息が絶え絶えになっている。そのとき。

「――好きだ」

熱い声で囁き、若宮が唇を塞ぐ。

瞬間、最奥《さいおう》に深々と楔《くさび》が埋めこまれ、早瀬は意識を手放した。

鈍い痛みとフルマラソンをしたような倦怠感《けんたいかん》が躰に残っている。

ベッドのスプリングがいつもとちがう。それに、ほおに枕とはちがうものが触れている。

妙に暖かくて心地よい。こんなぬくもりを今まで感じたことがあっただろうか。

早瀬はうっすらと目を開き、ほおに触れるものを確かめようとした。

一瞬――。自分をのぞきこむ眸と目が合い、早瀬は目をみはった。眼鏡をかけた男が自分を見ている。しかも、腕枕をして。

「わ……若宮さん！」

跳ね起きようとしたが、鋭い痛みが腰に走り、早瀬は唇を歪めた。

そうだ、昨夜……。

裁判所から引き摺られるようにここに連れこまれ、巧みに口説かれて――。

なにが起こったのか、すべての映像が頭の中を猛スピードで駆けめぐっていく。

早瀬は固まったまま、息を呑んだ。

「逆転勝訴した気分だ。不利な勝負に勝つのは得意だが、きみは本当に手強かった」

耳元で囁かれる。けれどすべて耳を素通りしていく。それよりも、若宮の腕の中で乱れた昨夜の自分が鮮明に甦り、早瀬は愕然することしかできない。

われを忘れて貪り合った末に、不覚にもこの男の腕で眠ってしまったとは。

今まで他人のいる場所で眠ったことなど一度もなかったというのに。

「しかし、裁判が終わってもうきみと会社で仕事ができないのは残念だな」

昨晩のことをめぐらせていたが、若宮の言葉にふと首をかしげる。

会社……？ と、思った瞬間、全身から血の気が引く。

「い、今、何時ですか？」

早瀬は自分を抱く男を押し退け、半身を起こした。

枕元の時計は午前八時を指している。隣には黒猫の写真。目つきの悪い猫の写真だった。

この猫の目には見おぼえがある。どこかで見た……気がしたが早瀬にはそれを考える余裕がない。

「会社に行かなければ」

部屋を見渡すと、スーツが床に落ちている。しわがよっているために、そのまま着ていくわけにはいかない。

ネクタイも昨日と同じままだ。若宮の派手なネクタイなど借りては末代《まつだい》までの恥だし……。

頭の中で今日一日の予定をめぐらし、家に戻る時間と仕事のタイムスケジュールの調整をはかる。

急激に仕事モードに入った早瀬は勢いよく起きあがり、ベッドから降りようとした。

「……っ！」

しかし腰に鈍い痛みが走り、ベッドから転げ落ちそうになる。

「早瀬！　なにをやってるんだ！」

若宮が腕を伸ばす。片腕で早瀬を引きあげてベッドに戻す。

まずい。こんな状態で会社に行って仕事ができるのだろうか。

「早瀬、裁判に勝ったんだし、今日はゆっくり過ごそう」

早瀬をはがい締めにし、昨夜の余韻を楽しむように、若宮の指が胸をさぐる。

「昨夜は焦ったよ。われを忘れてきみをめちゃくちゃにしてしまいそうだった」

甘ったるい声で囁きながら、若宮が早瀬の前髪を梳きあげていく。

何だと――？　十分、めちゃくちゃにしているじゃないか！　眉間にしわをよせて振り返り、早瀬はいまいましげに男を睨みつけた。

「大丈夫だ。さっき、社長に連絡を入れておいたよ。裁判に勝った謝礼代わりに、きみとおれは今日一日有休扱いにしてくれるそうだ」

「よくも勝手にそんなことを！　私は謝礼がよかったです！」

急速に怒りがこみあげ、早瀬はこめかみを震わせた。

「それに、また一週間分の予定を立て直さなければいけないじゃないですか！」

そうだ。ようやく今日から自分の仕事に専念《せんねん》できると思っていたのに。

「……早瀬？」

「だいたい、誰のせいで仕事が溜まっていると思ってるんですか」

早瀬はなおもたたみかけた。若宮が片眉をあげ、一瞬、苦笑する。

「まあまあ、早瀬。それよりも引っ越しはいつにする？」

若宮はからりと明るく笑って、早瀬の肩を叩いた。

引っ越し……？

唐突な言葉に、早瀬はいぶかしげに若宮を見つめた。

「一緒に暮らそう。次の日曜はどうだ？」

そう言って、若宮が唇を近づけてくる。

引っ越し、日曜、引っ越し……。

それは、ここで若宮と一緒に暮らすことを指しているのだろうか。

まさか、本気で――？

早瀬は硬直した。しかし唇が重なりかけ、あわてて若宮の肩を押しのける。

「とんでもないっ……同居なんて！」

「おれのものになるって言ったじゃないか」

すかさず言われ、うっ、と、早瀬は口ごもった。

若宮が色素の薄い双眸をきらりと光らせ、意地悪くほほえむ。

「裁判に負けたときはおれが損害賠償する。勝ったときはきみがおれのものになる。まさか、約束を忘れたわけじゃないよな」

勝ち誇った表情で若宮が唇を押し当ててくる。

ふいに、京都を出るときに自分で立てた人生設計が甦り、こめかみが引きつっていく。

その中に男との恋愛など入っていない。もちろん肉体関係もない。

二十代後半で自分の能力を引きだしてくれる会社に請われて転職。その後、役員の娘とでも結婚する……予定だったのに。

やがて唇が離れ、上目づかいで見ると、若宮が人の悪そうな笑みを浮かべている。

参った……。またこの男のペースに呑まれている。

他の人間同様に、冷たく切り捨てることができないのはどうしてだろう。

唐突な言葉で固まらせ、気がつけば自分を意のままにする。

この男の言っていることが悪くないという気にさせられて……。

脳裏に悪い予感がよぎる。もしかすると、自分はこの先ずっとこの男のペースに乗せられるのではないだろうか。——と。

『追いつめた獲物を逃がしたことがない』

誰かの言葉が耳の奥でこだましかけ、あわてて内心で首を振り、早瀬は若宮を睨みつけた。

「そんな顔をしても無駄だ。きみはおれとの賭けに負けたんだ。いさぎよく引渡義務に応じろ」

獲物……。引渡義務……。

茫然としながら、早瀬はなすべもなく広い胸の中に抱きこまれていった。

Calling Eye

「――あの話だが……そろそろ返事を聞かせてくれないか」

心地よい睡魔《すいま》に浸《ひた》りかけていた早瀬《はやせ》は眉間《みけん》にしわをよせ、枕《まくら》にひじをついて肩を抱きよせようとする男を見あげた。

焔《ほのお》のような夏の夕日が若宮《わかみや》の横顔を染め、たくましい体軀《たいく》の影が早瀬の視界を覆《おお》う。

「あの話？」

乱れた前髪に指を絡めて梳《す》きあげ、早瀬は小首をかしげた。

若宮があきれたようにためいきをつく。

「同居の話だ。ここで一緒に暮らそうと言ったじゃないか」

「ああ……そのことですか」

そういえば、そうだった。半月前、初めてここに泊まったときに誘われたのだが、早瀬はまだ何の返事もしていない。というよりも、今日まですっかり忘れていた。

「申しわけありませんが、私は他人と一緒に暮らす気はありませんので」

早瀬はさらりと答えた。すると若宮の手があごをつかみ、ぐいと顔を引きあげられる。

見れば、形のいい目を眇《すが》め、若宮が怪訝《けげん》そうに顔を覗きこんでいる。

「おれのものになるって言ったのはうそだったのか」

責めるように言われ、むっとした早瀬は若宮の手を払ってシーツを肩に引きよせた。

「だから、こうして訪ねてきているじゃないですか。あれから、もう五回はここに泊まっています。十分あなたのものになっているのに、これ以上、他にどうしろというのですか」

けだるそうに前髪をかきあげ、若宮はしばらく静かに早瀬を見つめたあと、気を取り直したように微笑《びしょう》を浮かべた。

「じゃあ、どうだろう。一カ月間ほど試用期間を設けて、一緒に住んでみるというのは」

「試用期間……ですか?」

早瀬は鼻先で笑った。人事の採用でもあるまいに、おもしろいことを言う男だ。しかし……。

「どのみち同居する事実に変わりはないじゃないですか」

「堅く考えるな。ここからだと会社も近いし、この暑い時期に長く電車に乗らなくてすむぞ」

確かに、この時期、通勤時間は短いに越したことはない。最近は、残業も多いことだし。

そう考えれば、お試し期間というのは妙案《みょうあん》かもしれない。

ちょっとした小旅行に行くような感覚といえばいいのか。いやになれば自分のマンションに帰ればいいわけだし、この関係に飽きたときはさっさと別れればいいだけのこと。

さっと頭の中で計算し、早瀬は小さくほほえんだ。

若宮とは躰の相性が悪くないし、ちょうどいい期間かもしれない。

「そうですね。一カ月くらいならいいんじゃないですか」

「決まり、だな。では、早速《さっそく》、明日、きみのマンションに荷物を取りにいこう」

「——明日⁉」

若宮の躰を押しのけ、早瀬は身を起こした。胸元までかかっていたシーツが腰まで落ち、空調から流れる冷房にかすかな肌寒さを感じる。

「それは……いくらなんでも性急過ぎませんか」

「しかたないだろう。平日は引っ越しどころじゃないし。それとも予定が入っているのか？」

「別になにも。日曜はいつもどおり掃除と仕事の準備をするだけで……それはともかく、いきなり明日だなんて……」

「往生際《おうじょうぎわ》の悪いきみのことだ、いつ気が変わるかしれない。明日からちょうど八月になるわけだし、キリもいい。引っ越しは明日。いいな」

そう言って若宮が寝返りを打つ。

「若宮さんっ」

有無《うむ》を言わせないその態度に、早瀬はいまいましい面持ちで若宮の背を睨みつけた。

明日か来週か。七月か八月か。本当のところ、どっちでもいい。どうせ一カ月分の荷物を持ってくるだけだし。ただこうして強引に決められ、こちらのペースを乱されることに反発を感じるだけで。

「では、試用期間の話はなかったことにしましょう。私は……そろそろ帰りますので」

冷たく呟《つぶや》き、早瀬はベッドから降りようと移動した。

しかし、すかさず手首をつかまれる。

あ……と、驚く間もなくベッドに引きずりこまれ、両肩を押さえつけられた。

男がのしかかってきた次の瞬間――。

「……っ」

ふいに肩口に触れた唇《くちびる》の感触に、早瀬は身をこわばらせた。

「ずいぶん冷えている」

若宮が吐息《といき》を吹きかけるように唇を這《は》わせていく。

皮膚《ひふ》を軽く噛《か》み、包みこむように唇を押しつけてくる。

その唇のやわらかな温かさ、自分を覆《おお》う若宮の重みに、早瀬は浅く息を呑《の》んだ。

「あの……もう帰りますので」

しかし、あくまで冷静に、早瀬は若宮の肩を手で押しあげた。

そんな早瀬のあごに手をかけ、若宮が屈託《くったく》のない笑顔で言う。

「いいじゃないか。今日からここに住めば」

「……ですから、あなたは性急過ぎると言ったばかりじゃないですか。それに、いつのまに、明日の予定が今日に変わってしまったんですか」

「今日も明日も同じだ。早くしないと、きみはすぐに気が変わる。さっきだっていきなり同居はやめるなんて言いだしたりして」

だだっ子のように言って舌打ちする若宮に、早瀬は肩を落とした。

「あれは……若宮さんがせっかちなことをおっしゃるから」

「おれは一分でも一秒でもきみと一緒にいたいだけだよ」

甘い声で囁《ささや》くと、若宮は、くせのない早瀬の前髪を梳きあげた。

一分でも一秒でも……。

早瀬はちらりと横目で若宮を見た。形のいい眸《ひとみ》がやわらかく包みこむように自分をとらえている。

鼓動が乱れそうになる気配を感じ、早瀬は顔を逸《そ》らしてうつむいた。すると。

「どうした?」

あごをつかみ、若宮が顔を覗きこんでくる。窓に視線を彷徨《さまよ》わせ、早瀬は息を殺した。

何だろう、今の感覚は……。胸に広がりそうになる奇妙な感覚を振り払うように前髪をかきあげ、わざと乱暴に吐き捨てる。

「知りませんよ、退屈な生活になっても。私なんて、何のおもしろみもない人間なのに」

「大丈夫だよ。きみの危なっかしさは十分おもしろい。なにか新しい発見がありそうで楽しみにしているんだ」

「新しい発見なんて……。私は今までの生活スタイルを変える気はありませんし、あなたの生活を変える気もありませんよ」

にかけた。

「ああ。きみの性格くらい最初からわかっているよ」

自信ありげに言ったあと、若宮はサイドテーブルの引きだしから細い鎖を出し、早瀬の首にかけた。

——？

かすかに首に加わった重みと胸に触れる冷たい金属の感触に、早瀬は息を殺した。

胸の下まで垂《た》れた細い銀鎖《ぎんさ》……。

見れば、それは首から提げる携帯用のネックストラップだった。

先端から小さな三つの鍵《かぎ》がぶら下がっている。

「一番下がマンションの玄関、その次がおれの部屋、三番目はポストのキーだ。きみ宛《あて》の郵便物があればこっちに届くようにすればいい」

こんなものをもう用意していたとは。自分が断ったらどうするつもりだったのだろう。

鍵を手に取り、早瀬は小首をかしげた。いぶかしげに横目でうかがうと、若宮は早瀬の首から垂れたチェーンの先を軽く指先に絡ませてきた。

「そうしていると、迷子札《まいごふだ》のようだな」

新手《あらて》の冗談《じょうだん》だろうか。早瀬はためいきをついた。

「私は子供ではありませんが」

おや、と、若宮が意外そうに片眉をあげ、皮肉とも揶揄《やゆ》とも取れるような口調で言う。

「きみは迷子の子供みたいなものだろう」

「——どういう意味ですか？」

早瀬は怪訝な声で問いかけると、若宮は肩をすくめてみせる。

「別に。深い意味はない」

この男が理由のない言葉を口にするとは思えないが、はぐらかされた以上、なにを訊《き》き返しても答えてはくれないだろう。

「……とりあえず、これはおあずかりしますので」

そう言って若宮の躰からのがれようと半身を起こした。そのとき——。

鎖の先をつかまれ、背もたれに押しつけられた。

ちらり……と横目で確かめれば、鎖を指に絡めた若宮の手が肩を押さえつけている。

「キスしても、いいか？」

耳元で囁かれ、早瀬は醒《さ》めた目で若宮を見た。昼過ぎからずっと躰を重ねていたのに今さらそんなことで同意を求めるな——と言うのも恥ずかしい気がして視線を逸らした。

「……どうぞ、お好きなように」

「すなおじゃないな。キスしてもいい、と正直に答えろよ」

若宮があごを引きあげようとする。

「だから、そういうことはこちらが許可しなくても、好きにしてくれればいいんです」

ためいき混じりに言った早瀬の唇に、ふわりと若宮の息が降りかかる。

胸元に垂れた鍵の重なり合う音が鼓膜《こまく》に触れたかと思うと、そのまま体重をかけられていく。

触れるか触れないかの曖昧《あいまい》さで、ゆっくりと唇を食《は》まれる。

「……ん……ん」

背もたれと若宮にはさまれた拘束感《こうそく》に薄く唇をひらくと、すきまから若宮の舌が侵入してくる。

口蓋《こうがい》をさぐる舌先にうながされるまま、早瀬は舌を絡ませていった。

若宮の口づけはやわらかで優しい。芳醇《ほうじゅん》なワインを飲んだときのような酔い心地にさせてくれる口づけは嫌いではない。いや、むしろ好きなほうかもしれない。

初めてのときは嫌悪《けんお》を感じたのに、今ではもうすっかりこの唇に馴染んでいる。

そうして——。

ひとしきり唇を重ねたあと、若宮が静かに早瀬から離れた。

「これから先、キスの許可は求めないからな」

濡れた早瀬の唇を指の関節でぬぐい、若宮が肩にもたれかかってくる。

「え……ええ、ご自由に」

唇が離れた心もとなさのせいか、それまで陶然《とうぜん》となっていた意識が急速に冷めていく。

「じゃあ、早速、今夜からここで暮らすんだぞ」

背もたれに身をあずけた早瀬の胸元に、若宮の指から落ちた銀鎖が引力にまかせて落ちてくる。

鍵がぶつかり合う金属音に、早瀬は視線を落とした。そのとき。

ちりん、と、首筋に響くような音が耳の奥でこだまし、早瀬ははっと半身を起こした。

茫然《ぼうぜん》とした面持ちで、あたりを見まわす。

今のは、鍵の音……ではない。銅製の風鈴が鳴るような音だったが。

しかし、部屋の中に、それらしきものはなにもない。

ふと肌寒さを感じ、早瀬は自分の躰を抱き締めた。

「どうした」

横たわったまま、若宮が声をかけてくる。

ゆっくりと振りむき、早瀬は乱れた前髪のすきまから若宮を見下ろした。

「……あの」

早瀬はかすかに唇をひらいた。胸の底から漠然とこみあげてくる不安に似た感情。しかし、それをどう説明すればいいのかわからず、唇を噤《つぐ》んで早瀬は少しずつ視線を逸らしていった。

「やっぱりおれと暮らすのがいやなのか」

こちらの内心を見透《みす》かしたつもりなのか、若宮はさぐるように訊いてきた。

「いえ……別に」

と、作り笑いを見せながらも、首から提げた鎖の先がずっしりと重くなった気がして、早瀬はそれをにぎり締めた。

どうしたのだろう、実際は数十グラムにも満たないものなのに。

若宮の手が肩を抱き、胸へと引きこまれる。吸いこまれるように早瀬は身をまかせた。

冷たい鎖がいっそう重みを増したような錯覚《さっかく》をおぼえながら。

ちりん——。

と、遠くで鳴っているのは、銅風鈴《どうふうりん》の音だろうか。

それとも祇園祭《ぎおんまつり》のお囃子《はやし》の音色か。

いや、あれは路地《ろおじ》を歩く舞妓たちの高下駄の音かもしれない。

気がつけば、早瀬は、草深い道を歩いていた。裸足《はだし》のまま、白い浴衣《ゆかた》を着て。

しばらく彷徨い続け、やがて竹林に囲まれた古い土蔵のある庭にたどり着いた。

暗闇にうっすらと浮かびあがっているのは、月下美人《げっかびじん》の白い花。

咲き競う花の中央に、人影が見えた。

そのまわりにだけ霧雨《きりさめ》が降ったように、かぼそい夏の雨の飛沫《ひまつ》を散らしている。

こちらの気配に気づくこともなく、人影は足元の小さな池に映る自身の姿を眺めていた。雛人形《ひなにんぎょう》のような面差《おもざ》し。黒々とした一重《ひとえ》の眸でじっと池の水面を見つめている。

なにかを求めているような、それでいて遠くを見ているような、とても淋しそうなまなざしをしている気がするのだが、その周囲が霞がかって見え、はっきりと確かめることはできない。

——母、だろうか。

くせのない黒髪、何にも感じていないような表情。ほっそりとした肢体《したい》。

それは、写真でしか見たことのない母に似ているような気がした。

そうだ、あの顔立ちは……と、思った瞬間、ぱぁっとあたりが明るくなった。

振り仰げば、まわりの竹林を巻きこんで土蔵が燃えている。

目を灼《や》くような深紅の焰に、人影が呑みこまれそうになった瞬間——。

「……っ！」

はっとして、早瀬は顔をあげた。

目に飛びこんできたのは、窓から降り注ぐ強い残照《ざんしょう》。

今まさに沈もうとしている太陽が、部屋全体を朱赤《しゅあか》に染めている。

早瀬は大きく息を吸いこみ、うっすらと汗で貼りついた前髪を梳きあげた。

奇妙な夢を見た——。

焔に灼かれたように感じたのは、この陽射しのせいなのか。それとも……。

目の前には、ひらいたままのノートパソコン。テーブルに顔をうずめて、ほんの一時間ばかりうたた寝をしていたらしい。

あたりを見まわせば、そこには目に馴染みのない空間が広がっている。

天然木の家具とオフホワイトの配色でそろえられた清潔そうなリビングルーム。壁には、ヨーロッパの風景のような深い森と湖のエッチングが飾られている。

若宮のマンションで暮らすようになって一週間が過ぎ、初めての週末がやってきた。

しかし、若宮が金曜から関西《かんさい》支社に出張に行っているために、この二日間、早瀬は独りで過ごしている。自分のマンションに戻ろうかとも思ったが、せっかくなので若宮が留守の間に掃除と洗濯をしておくことにした。そして、昨日の午前中のうちに家事をすませ、そのあとはリビングでずっとパソコンにむかっている。

会議用の資料を確かめながら、食事を取るのも忘れ、黙々と書類を作成して——。

パソコンの脇に置かれたミネラルウォーターに手を伸ばし、早瀬は水を口に含んだ。

澄んだ清涼感のある水が喉《のど》の奥を伝い落ちていく。

ひんやりとした感覚に少しずつ意識が覚醒《かくせい》するにつれ、今しがた見た夢が生々しく甦《よみがえ》ってくる。

夢に出てきた場所は、生まれたときから十八歳のときまでずっと暮らしていた空間だった。東京《とうきょう》よりもずっと長く、この部屋よりも明らかに長い時間を刻んできた風景……。

いったい、どうしたのだろうか——。京都《きょうと》の夢など、これまで一度も見たことがなかったのに。

馴れない場所で、生活をし始めたせいなのか。

テーブルにひじをつき、早瀬はぼんやりと窓の外を見た。

夕暮れの中、林立《りんりつ》するビルやマンションが灼けつくような陽光を浴びて佇《たたず》んでいる。

外は容赦《ようしゃ》のない陽射しに空気の層が重く揺らいでいるように見えたが、冷房の効いた室内にいると、今が夏なのかどうなのか意識しないとわからない。

こういう都会の光景を見ていると、ここが故郷とはまるでちがう街だと今さらながら実感する。

ふだんはあまり意識したことはないが、この街に山や自然がないことに奇妙な違和感をおぼえてしまうのだ。

こんなにも人工的な空間に、本当に人間が暮らしているのだろうか。そんな違和感を。

しかも、そこで自分が会社員として働いているなんて。

本当は、この目の前に広がる世界が夢で、さっきの夢が現実かもしれない……などと埒《らち》もない思念がよぎり、早瀬は鼻先で嗤った。

――どうしたのだろうか。こんなことを考えるなんて。

自分らしくもない。首を左右に振り、早瀬はパソコンに視線をむけた。

けれど、文書と数字が整然と打ちこまれたモニターのむこうに、ふとさきほどの夢の残像が透けて見え、早瀬はうつろな表情でまぶたを伏せた。

月下美人の咲く庭に立っていた白い人影。あれは、やはり母だったのだろうか。

――母……か。

早瀬は鼻先で嗤《わら》った。自分が母の夢を見るなんておかしな話だ。京都にいた時分でさえ、母の夢など見たことはなかったのに。

京都で暮らしていたころ――。

当時は、こんなふうに東京の商社で働く自分の未来など予想もしなかった。

高校卒業後は、舞妓の帯を結ぶ着付師になるか、養父母の経営する旅館で働こうと思っていた。

伝統的な祇園の文化は嫌いではなかったし、着付けの他に茶道《さどう》、笛《ふえ》、京舞《きょうぶ》の稽古《けいこ》をして、あの町で一生を終える準備をしていたように思う。

名高い舞芸妓の私生児として生まれた自分。母は、隠れてパトロンの息子の若い大学生と恋愛し、逢瀬《おうせ》を重ねていたが、息子が生まれたことで二人の仲が発覚し、引き裂かれることを恐れて心中《しんじゅう》をしたという。

場所は、あの世とこの世を結ぶと言われている、京都の六道《ろくどう》の辻《つじ》のあたりだったらしい。

昔から祇園での情死事件など、それほどめずらしくない話だったため、当時は、母の話を聞かされても別に何とも思わなかった。

どのみち、すべては赤ん坊だったころの話だ。

それに、母が生きていようと自分の人生に大きなちがいはなかっただろう。屋形《やかた》（置屋《おきや》）に住む芸妓に子供が生まれた場合、父親が誰であろうと、男子は当然のように母の手から離される。

女尊男卑《じょそんだんぴ》のあの街に、男子は必要ないのだ。

しかし、もし自分が女子に生まれていたら、ちがった人生を歩んでいただろう。

屋形を経営していた母の母――つまり祖母の下で舞妓にするために育てられたはずだ。

花街《かがい》では女の子は重宝《ちょうほう》される。ましてや、美貌《びぼう》で名高い舞芸妓の子となれば。けれど皮肉にも男子だったために、祖母は孫を多額の養育費とともに遠縁の夫婦にあずけることにしたのだ。

それが今の実家――祇園の近くに広々とした敷地をもつ「花鐘楼《はなしょうろう》」という料理旅館。

祖母の屋形から、舞妓や芸妓に出張してもらい、お茶屋遊びができることを売りとしていた旅館は、突然の養子話を断るに断れなかったのだろう。

養父母には三歳年上の男子がいたが、実子の彼とちがって、彼らはあずかった子供として早瀬を壊れ物をあつかうように接してきた。

もちろん、親子らしい親子の語らいはない。養父母は、厳しい教育や稽古ごと、礼儀作法を徹底してしつけようとしたが、そこには、余所《よそ》の子供を粗略《そりやく》にあつかって後ろ指を指されたくない、有名な屋形を経営する祖母から非難されたくない——という意識からだろう。

尤《もっと》も旅館には多くの従業員が住みこみで働いていたので、日常生活の中で自分が養子だということは強く意識せずに育ったように思う。

ただ、旅館の閑散期に、ふと家族で過ごす時間が多くなったときなど、血縁のない自分がそこにいてはいけないような、孤立感をおぼえるときがなかったわけではない。

だから成長するにつれ、独りで過ごすことを好むようになった。

夏の宵《よい》、古い京箪笥《きょうだんす》に囲まれた薄暗い土蔵に朱色の和ろうそくを灯ともし、土間《どま》に緋毛氈《ひもうせん》を敷いて眠っていると、天窓からいろいろな生活の音が漏れ聞こえてくる。

ちりんちりんと風が吹くたびに響く銅風鈴の音色。

祇園祭のお囃子の旋律《せんりつ》。ぽっくりぽっくりと路地の空気を揺らす舞妓たちの高下駄の響き。

旅館の従業員がせわしなく働く雑然とした生活の音。宿泊客の話し声や笑い声……。

そんなものを一人で楽しんでいた子供時代は、一見、昏《くら》くて淋しいものに思えるかもしれない。

しかし淋《さび》しいと思ったことはなかった。

愛情など、最初から知らなければ、それがどんなものかもわからないのだ。

『恋愛なんかに振りまわされたらあかしまへん……身を滅ぼすだけや』

そう言われたのは、いつのことだったか。あの真っ白な月下美人の咲く庭で――。

「バカバカしい」

早瀬は独りごち、鼻先で嗤った。

身を滅ぼすもなにも愛情を欲しいと思ったことはない。昔も今も。

自分はこの無機質な人工の街で、独立した人間として生きていければそれでいい。

祇園の舞妓だの、泥くさい心中事件だの、特殊な環境とは無縁の場所で。

――そう、ここで築いてきた日々こそが自分にとって一番大切なものだから。

早瀬はパソコンの画面に視線を戻した。

今は、京都のことを考えているときではない。次の週末から会社は盆休みに入ってしまう。その前に多くの企画や契約、それに、社長から直々《じきじき》に教育をまかされている倉橋《くらはし》柊一《しゅういち》用の夏休み明けのカリキュラムもまとめておかなければならない。

なによりも、明日から、毎日のように重要な会議の予定が続いている。

現在、早瀬が派遣《はけん》されている海外開発部は、オーストラリアの資源開発のことで重要なプロジェクトが進行中だった。エネルギー事業部や物流部《ぶつりゅうぶ》と連係《れんけい》し、このプロジェクトを進めていかなければならないのだが、先日の会議で、早瀬は物流部の酒井《さかい》という課長を怒らせてしまった。

『そんな企画を打ちだしてくるとは、早瀬くんとは一緒に仕事ができないね』

と、言ったときの、酒井の声には明らかに感情的な怒《いか》りが籠《こも》っていた。

自分のなにが彼をそんなに怒らせるのかわからない。こちらの出した企画内容は決して悪いものではない。むしろ、今の時代の流れに即したものだ。

なのに、どうしてあそこまで反発されなければならないのか。

自分には、まるで見当がつかない。淡々《たんたん》と機械的に説明する態度が気に喰わないのだろうか。お世辞でも言って持ちあげればいいのだろうか。

何とか、夏休みまでに企画内容を決められればいいのだが――。

そんな焦燥をおぼえながら、どのくらいモニターと見つめ合っていただろうか。数字のデータを出し、他の企業との関係を調べ、計算することをくり返していたとき――。

突然、扉のひらく音が耳に飛びこんできた。

「――早瀬、悪かったな。初めての週末なのに、独りにして」

と言った低い声に、顔をあげれば、戸口に佇む若宮と視線が合う。

そのままの姿勢で、一瞬、早瀬は硬直した。

派手な白のスーツをまとい、胸に弁護士バッジをつけた若宮が書類鞄《かばん》を脇にかかえ、食材入りのエコバッグを両手に提げた姿があまりにも不思議で……。

「どこか……変か?」

エコバッグをテーブルに置き、若宮が小首をかしげる。早瀬は露骨にうなずいた。

「かなり。まさか、そのスーツで出張に行かれたわけではないですよね?」

「今朝《けさ》からずっとこの格好だ。大阪の弁護士事務所と関西支社によって、そのまま戻ってきたから」

若宮の言葉を聞くうちに、早瀬の眉間に深いしわが刻まれていく。

「……最低です」

「しかし　この季節、淡《あわ》い色のスーツのほうが涼しげでいいじゃないか」

悪びれもせず若宮が明るく微笑する。早瀬はこれ以上なにを言ってもむだと悟った。

「そうですね。若宮さんは存在だけで暑苦しいですからね」

たっぷりと嫌味《いやみ》をこめて呟き、パソコンに視線を戻す。そんな早瀬の後頭部をこぶしでこつんと叩き、若宮は上着を脱いで部屋を見まわした。

「ところで、夕飯は?」

「すみません。今夜は外食されると思っていたので、食べられるものはなにもありません」

「いや、そうじゃなくて、きみは……またなにも食べていないのか」

テーブルに片手をついてもたれかかり、若宮はいぶかしげに早瀬の横顔を見下ろした。

「大丈夫です。適当に食べてますから」

仕事に夢中になって忘れていたが、別に空腹でもないのでどうでもいいだろう。

視線を戻して黙々とパソコンのキーを打つ早瀬に、若宮があきれたようにためいきをつく。

「どうせなにも食べていないんだろう。きみは面倒だとなにも口にしない」

「そうでしょうか」

「ああ。そもそも一カ月分の荷物がボストンバッグ一個なんて、おれには信じられないね。ここに持ってきたものといえば、今着ているのを含めて黒い似たような私服が三セットと、スーツとネクタイが三セットと洗面道具、それから仕事の道具だけ。食事や必要最低限の栄養補給をしているのかどうかもわからない。まるで機械のようだな」

服が三セットでどこが悪い。たかが一カ月のことなのに大きな荷物をかかえてくるのが面倒だっただけのこと。どうせ夏だし、この程度で十分だ。

「おかげで楽ですよ。若宮さんのように、毎朝、ネクタイをスーツに合わせたりしなくてすみますし」

顔をあげ、早瀬は少しばかり自慢げに言ってやった。やれやれと若宮が肩を落とす。

「おれは、その日の仕事内容に合わせてスーツとネクタイを選んでいるだけだ」

早瀬は目を見ひらいた。数秒間、いぶかしげに若宮を見あげたあと、くすりと笑う。

「では、あの裁判の日も今日もその趣味《しゅみ》の悪いスーツも考えあってのことだったのですね」

「そうだよ。裁判の日はきみが傍聴にくるのがわかっていたからね」

悪い印象から初めて、最後に劇的に逆転勝利して、こちらの気持ちを揺さぶろうという作戦だったのだろうか。

「バカバカしい。服も食事も必要最低限で十分。身軽で、気楽ですし」

「それはそうだが……きみもそこそこの給料をもらっているだろう。株でも儲けていることだし、年収はかなりのものだと思うが、なにに金を使っているんだ」

「貯金しております」

うつむき、早瀬は長めの前髪をかきあげた。すべて貯金をしているわけではないが、くわしいことを言う気はない。

そんな早瀬に、若宮はおだやかな声で話しかけてきた。

「――で、一週間が経《た》ったわけだが、そろそろここでの生活には慣れたか？」

「ええ。以前よりも会社に近くなって助かっています」

さらりと返した早瀬に、若宮は苦笑を浮かべた。

「おれになにか不満や要望があれば遠慮なく口にしてくれよ」

予期せぬその言葉に、早瀬は小首をかしげた。

「不満……て？」

「なにかおれに問題があるなら、生活態度を改善したいと思っているんだ」

買ってきたばかりのワインボトルのコルクを抜いてグラスに注ぎ若宮は早瀬に差しだした。

「不満も問題もありませんが」

「しかし、きみに迷惑をかけているじゃないか。いつもバルコニーの鉢《はち》に水をやってくれているだろう。それにおれのシャツを洗濯してアイロンまでかけてくれている」

なんだ、そんなことか。早瀬はグラスを置いて苦笑いを浮かべた。

「若宮さんが管理費を受け取ってくれないので、代わりになにかしたいだけです。迷惑だと感じたことは一度もありません」

でなければ、居心地が悪くなる。あとで、あれもしてやった、これもしてやったと思われ続けるのはごめんだし、他人に借りを残してすっきりするような性格ではない。

「早瀬、洗濯や鉢植えの水やりなら、誰か雇えばいいんだし、掃除ならおれがやる。おれは、きみに自分の家のようにくつろいで欲しいんだ」

「でも、私の分とあなたの分を一緒に洗った方が水道代が浮いて一石二鳥ですよ」

「それはそうだが、水道代のことくらい気にしなくていいから」

いいかげん辟易《へきえき》してきたのか、若宮の口調は投げやりになっている。

「それでは私が困るんです」

吐き捨てるように言った早瀬に、若宮は前髪をくしゃくしゃとかきあげた。

「わかったよ。きみのしたいようにしてくれ」

あきれたような、鬱陶《うっとう》しく感じられているような態度に、かたくな過ぎただろうかと、わずかに後悔が胸をよぎる。早瀬は視線を逸らしてパソコンを見つめた。

不満そうな若宮の視線がまぶたやほおに注がれる。その視線の意味はわかっている。若宮はこの同居生活を円滑《えんかつ》にするために『気をつかわないで欲しい』と言いたいのだ。

若宮は優しい男だ。思いやりで言ってくれていることが、わからないわけではない。

しかし、他人とはあくまで適度な距離を置いておきたいのだ。

「あなたのご親切はありがたいと思っています。でも、なにかしていないと、対等な人間関係が築けていないような気がしていやなんです」

早瀬は顔をあげ、突き放すように言った。すると眼鏡《めがね》の奥の目を眇め、やるせなさそうに自分を見下ろしている若宮と視線が合う。

しかし、すぐに表情をやわらげ、若宮は冗談めかした口調で言った。

「どうせ殆ど会社にいて留守にしているんだ、光熱費は知れているし、いないじゃないか。だいたい共益費《きょうえきひ》は独りで暮らしていても払っていたものだし、きみが半額を払う必要はないだろう」

「ですが」

「細かなことは気にするな。きみの節約精神やその合理的な性格は好ましいと思うが、度が過ぎると、たがいに疲れてしまうだろう」

疲れる……という言葉に、早瀬はわずかに眸を曇らせた。表情には出さなかったが、こちらの感情の揺れに気づいたのか、若宮は優しい声で謝罪してきた。

「すまない、言い過ぎたようだ。おれは今からシャワーを浴びて汗を流してくる。きみはまだ書類が仕上がっていないだろう。邪魔《じゃま》をして悪かった。仕事に集中してくれ」

「――わかりました」

早瀬は再びパソコンに視線を戻した。

そうしてデータを打ちこんでいるうちに、耳に雑多な音が飛びこんでくる。

扉を閉める音、水道をひねる音、シャワーの流れる水音……。

そういえば、こんなふうに他人の生活の音を感じるのは何年ぶりだろうか。

テーブルにひじをつき、早瀬はぼんやりと音のする方向を見つめた。

疲れてしまう――か。

さっき、そう言われたとき、胸が痛くなった。会社の上司と部下という立場もあるし、できれば対等でいたいので、若宮に迷惑や負担をかけないように、これでも努力してきたつもりだ。

しかし、それが彼に不快な思いを与えていたとは――。

自分の家のようにくつろいでくれと言われても、ありがとうとも言えない。

疲れさせても、すみませんのひと言が言えない。

どうして、そうですね……と、すなおに口にできないのか。笑顔でそう言えば、若宮もほっとするだろうし、自分も気が楽になれるのに。

それは、よくわかっている。ただ、どうしても自分は自然にそうしたことができないのだ。

やはり……他人との共同生活は無理らしい。

あきらめにも似た感情が胸に広がったとき、寝室から携帯電話の鳴る音が聞こえてきた。

——あれは自分の着信音だ……。

寝室へとむかい、早瀬は壁にかけていたスーツのポケットをさぐった。

見れば、実家の電話番号が表示されている。かけてきたのは、養父母か、それとも血の繋《つな》がらない兄の清彦《きよひこ》か。ベッドに腰をかけ、携帯に出ると、聞こえてきたのは兄の声だった。

『……義弘？　あんなぁ、今年のお盆、どうするかなぁと思うて……』

ゆったりとした兄の京都弁。清彦の言葉は祇園の言葉と普通の京都弁が入り交じっている。

なつかしい故郷の言葉を聞きながら、早瀬は淡々と返した。

「先日も言ったでしょう。お盆は仕事で帰れないと」

『けど、親戚《しんせき》や旅館の従業員、近所のひとが、何て思わはるか。法事のとき、いつもあんたが居いひんの、うちらが義弘を帰ってこさせんようにしてるん違《ちゃ》うかと誤解されて困ってるって、お父ちゃんが言《ゆ》うてはって』

ベッドの背もたれにひじをつき、早瀬はぞんざいに前髪をかきあげた。

いつもこれだ。親戚の目、従業員や近所への体面、それに……。

「自由に休みが取れないだけです。では……」

『待って!』

切りかけた携帯のむこうで兄が声をあげる。早瀬は動きを止めた。

『……あの……また少し……送ってくれへんかな。百万ほど……もし余裕があるんやったら』

口ごもりながら言う清彦に、早瀬は冷たい笑みを浮かべた。

実家は風雅な和風旅館を経営している。しかし、たび重なる改築工事の借金がかさんで家計は火の車だった。

「はい。明日、振りこみます」

『かんにんな、いつも。あと少しで借金もなくなるし、もう迷惑をかけんですむと思うけど』

「かまいませんよ。迷惑なんて思っていません。借金が返せなかったら旅館を明け渡すしかありませんからね。少しでも実家の役に立てて光栄に思っています」

淡々と言いながらも、自分はなんていやな男だろうと思う。

これは意地、いや、復讐《ふくしゅう》だ。実家の借金を肩代わりすることで、自分は優越《ゆうえつ》感を感じたいのだ。

もうこれで、後ろ指を指したり、陰口を叩くことはできないだろうと、はっきりとした形で証明したいのかもしれない。

『義弘が……あの事件を気にして東京に居続けるんやったら、そんなこと気にせんと、いつでも京都に帰ってきたらええんやで。十二年も経っているんやし、ほとぼりも冷めていることやし』

事件――と、口にされ、早瀬は兄の言葉をさえぎった。

「やめてください、昔の話は。それは、東京にいる理由とは関係ありませんから」

『そう。それやったらええんやけど……』

清彦が息をつく。刹那、重い沈黙が流れ、清彦はなにか覚悟を決めたように言った。

『やっぱり京都に帰ってこられへんかな。一日でもええから』

声音を変え、すがるように言われ、早瀬は内心で小首をかしげた。

「……借金以外で、困ったことでもあるんですか？」

さぐるように、しかし鋭い声で返した早瀬に、清彦が口ごもる。

『べ、別にそう言うわけやないけど。ただ……ううん、何でもない。もう夜も遅いし、そろそろ電話切るわ。おやすみ』

兄が電話を切る。額《ひたい》に落ちた前髪を指ですくいあげ、早瀬はうつむいた。

多分、なにか困ったことがあるのだろう。また屋形を経営する祖母となにか揉《も》めたのだろうか。

それとも借金が嵩《かさ》んでいるのか。

しかし、給料の半分や株の儲けを仕送りをしている自分に、これ以上のことはできない。

携帯をにぎったまま、しなだれかかるようにベッドに横たわったそのとき、ふと視界をよぎった白い影に、早瀬は身をすくませた。

若宮——！

瞬時に自分の顔がこわばるのがわかった。戸口に白いバスローブをはおった若宮が佇《たたず》んでいる。心臓が早打ちしそうになるのをこらえ、早瀬は微笑を浮かべて躰を起こした。

「お風呂……あがったんですか」

「ああ」

と、若宮がうなずく。

聞かれた……だろうか。いや、聞かれたとしてもあの会話ではなにもわからないだろうが。

しかし、それを冷静に考える余裕はなかった。ただ、自分の醜《みにく》い過去や京都への卑屈《ひくつ》な復讐心を、一瞬にして若宮に知られたような錯覚をおぼえてしまって。

茫然としている早瀬を不審に思ったのか、若宮が片眉をあげる。

「どうしたんだ？」

「い……いいえ。仕事も一段落したので、私も……今からシャワーを使います」

笑みを作り、早瀬は荷物の中から洗面道具を取りだした。

それから十数分――。シャワールームから出て、リビングに行くと、対面式になったダイニングから香《こう》ばしいチーズの香りが漂ってきていた。

「――早瀬、飯にしよう」

若宮は白で統一されたシステムキッチンの中央に立ち、赤いトマトをつかんでいた。

水色のシャツの袖《そで》をひじまでまくり、肩からデニム地のエプロンをかけて包丁《ほうちょう》を持つ若宮に違和感をおぼえ、早瀬は眉をひそめた。それに、テーブルに並んだ二人分の皿……。

「……若宮さんは外で食べてきたんじゃ」

「なにも食べてこなかったんだ。イタリアンでいいか？」

「何でもけっこうですが……若宮さんが作るのですか？」

「前に言ったじゃないか、料理は得意だと。日曜日くらい、おれが作ってやるよ。でないと、きみは一日中なにも食べないじゃないか」

若宮は器用にトマトをスライスし、モッツァレラチーズときゅうりの横に並べた。オーブンからはパルメザンチーズの香ばしい匂い。ハムとカボチャのラザニアだ。

「あの、私は食べないんじゃなくて、食べるのが面倒なだけで」

「そうそう。きみは、衣食住にまるで興味がないんだよな。仕事は驚くほど几帳面《きちょうめん》なのに、それ以外はおおざっぱというか、いいかげんというか。そのうち消えてしまわないか心配だから、たまにはおちついて食事くらいしてくれ」

明るく笑って言う若宮に、早瀬は困惑した顔で尋《たず》ねてみる。

「あの、もしかして、私のために……作ってくれているわけですか？」

「それも理由のひとつだが、一緒に食事をしたかっただけだよ」

こちらに気を使わせないような台詞《せりふ》を言うところがこの男の長所であり、ずるい部分だ。

早瀬は冷ややかなまなざしでテーブルを眺めた。

サラダにラザニア、それにシーフードを野菜と炒《いた》めたもの。これくらいならどこかで買ってきてもいいし、デリバリーをたのんでもいいのに……。

「今後は、外で食べませんか。激職の弁護士に手料理を作らせるなんて恐縮します」

「おれは、喜んで作っているんだ。せっかくきみと食事をするんだし、栄養を考えて、見た目も綺麗《きれい》なものをゆっくりと食べたほうが楽しいじゃないか」

グラスを並べながら楽しそうに言う若宮に、早瀬はあきれたような目をむける。

「……変わっていますね」

一瞬、若宮が動きを止め、こつんと指の関節でこめかみをつつく。

「その言葉はそのままきみに返すよ。さあ、冷めないうちに食べてしまおう」

席に着いた若宮はテーブルのワインを取り、コルクの栓《せん》をぬいた。

「おれが出張に行っている間は、ずっと仕事をしていたのか？」

若宮がワインを注ぎ、グラスを差しだしてくる。唇を湿らせ、早瀬はテーブルにグラスを置いた。

「ええ。今の企画を夏休み前に通したいので」

「夏休みといえば、きみの部署は次の週末からだったな」

「はい。だから急がないと」

「おれも次の週末から夏休みなんだ。どうだろう、休みの間、一緒に旅行に行かないか」

「旅行？」

とまどいがちに顔をあげた早瀬に、若宮がワイングラスを差しだす。

「実は、昔の——検察時代の友人に会いたいんだ。彼から資料を借りるかもしれないから、データをまとめるのを手伝って欲しいんだが」

出張の延長のようなものだろうか。仕事の手助けができるのなら、旅行に行くのも悪くない。できれば貸し借りのない関係でいたいので、それならこちらの心苦しさも消えるだろう。

「わかりました。同行します。データをまとめるだけでいいんですね」

「今度は隠すなよ。書類をシュレッダーにかけたなんてウソはごめんだからな」

「若宮さん……では裁判資料の件……気づいて」

「たとえ怒っていても、きみは最後に理性が勝つタイプだ。仕事にプライドを持っている人間のすることじゃない。そもそもチラシを小さく切ってメモ帳に使っているきみに、書類を切り刻むなんてもったいないことができるわけがない」

何て男だろう。早瀬は苦笑した。とうにそのことにも気づいていたなんて。

だからこの男にはかなわないのだと内心でため息をつく早瀬に眼鏡の奥の目を細めて微笑すると、若宮はワイングラスを唇に近づけながら小声で訊いてきた。

「データといえば……さっき、リビングのテーブルにあった書類を見せてもらったんだが、きみは、あれを会議で発表するつもりなのか？」

「まずい点でもありますか？」

若宮も明日からの会議に参加し、法的なアドバイスをすることになっている。ために、自分の作成している書類が気になったのだろう。

「ああ。あのままだと、また物流部からクレームがつくだろうね」

「ですから、統計を取って書類を作成したんです。数字で証明できれば、物流部の酒井課長も考えを変えてくれるでしょう」

これ以上、揉めなくていいように、今週の会議で早瀬は自分の意見が正しいことを証明するつもりだった。正式な統数値を発表して、酒井に納得してもらおうと考えていた。

「……早瀬、感情的になっている相手に、大勢の重役が列席する会議で、こちらのほうが正しいのだと、数字なんかで提示してみろ。彼のプライドが傷つくじゃないか」

「会議の前に、酒井課長と一度でいいからきちんと話をしろ。先に彼を説得してから、会議で数字を証明すればどこからもクレームが出ないし、彼のプライドも傷つけないですむ」

「ですが、数字を見て、どっちがいいのかを瞬時に判断できない相手を説得するなんて……私には時間のむだに思えます。正しい答えがわかっているのに」

わずらわしげに肩で息を吐き、早瀬はフォークでサラダをつついた。

「早瀬、企業は人間が動かしているということを忘れるな。理解してくれない相手に理解してもらう努力をする、それが一流の商社マンだろう。少なくとも日本の企業では、論理や合理性よりも人情や人間同士の繋がりが優先されてしまうことを忘れるな」

他人に理解してもらう努力……。そんなことを深く考えたことがない。外資系の企業にいたときは数字がすべてだったし、それを理解できない人間はすぐに切り捨てられていった。

「私にはわかりません……あなたのおっしゃることの意味が」

「いや、きみはわかっているよ。ただ、認めたくないだけだ」

さらりと断言され、早瀬は首をかしげた。

「おれの意見を認めると、きみはこれまでの自分を否定しなければならなくなる。感情を殺し、合理性に富んだ仕事ぶりを認められてきたきみにとって、ひとの感情や人間関係の大切さを認めることは、自分の足元を崩しかねないことだからね」

ガタンと椅子を引いて、早瀬は立ちあがった。表情は変わらなかったが、これ以上ないほど冷たい目で若宮を見据えている自分がいた。

「わかったようなことを言うのはやめてください」

「おれは心配なだけだ」

早瀬は眉をひそめ、若宮を見つめた。

「きみはクールな顔の奥に、繊細《せんさい》で不器用な一面を隠し持っている。傷つきやすい自分を守るために、先に冷たい態度を取ってしまうくせがついているようだが、そんなきみの内側に気づかない人間は、冷たい防御だけを見て、きみを憎んでしまう。それがおれには危なっかしく見えるんだよ」

「そういうお気づかいは無用です。よけいなお節介《せっかい》というんです」

早瀬は視線を逸らし、席に座り直した。

何て……困った男だろう、と思う。そんなふうに分析してしまうとは。明るい陽の下で裸に剝《む》かれたような心地悪さをおぼえ、これ以上、話をしたくなかった。

重苦しい沈黙が続き、それを振り払うように早瀬は視線を落とし、黙々と食事を続けた。


また、あの夢の中を彷徨っている——。

深紅《しんく》の火が夜空を染めていた。

純白の月下美人の花を燃やしながら、そこに立つほっそりとした人影を呑みこんでいく焔。

あきらめたようにまぶたを閉じている人影に、早瀬は竹林の陰から声をかける。

『危ないから、逃げてください！』

声が聞こえているのか、いないのか。人影はこちらを見ようともせず、ゆっくりと焔に包まれていく。このままでは燃えてしまう。助けなければ……と思うのだが、足が進まない。

凍りついたように地面に足が貼りついて、身動きすることができないのだ。

『お願いですから、逃げて。お母さん！』

祈るような声で訴える。すると、人影がまぶたをひらき、静かなまなざしでこちらを見据えた。

刹那、早瀬は愕然《がくぜん》とした。

母じゃない。このひとは……自分――？

ああ、どうして気づかなかったのか。まぎれもなくあれは自分だ。

そう思った次の瞬間、焔の中に彼の姿が消えていった――。


「ん……っ」

大きく肩を揺すられ、ふっと眠りの底からすくいあげられる。

早瀬はまぶたをひらき、自分を覗きこんでいる若宮の顔をじっと見あげた。いまだ夢から醒めない面持ちの早瀬に、若宮が半身を起こして心配そうに声をかけてくる。

「どうしたんだ、ずいぶんとうなされていたが」

その低い声に、少しずつ意識が覚醒していく。大きく息を呑み、早瀬は汗で額に貼りついた髪を指ですくいあげた。パジャマの下もうっすらと不快な汗で濡れている。

時計を見れば、午前一時半。眠りについてから、さほど時間は経っていないらしい。

「悪い夢でも見たのか？」

枕にひじをつき、若宮は早瀬の肩に手をかけ、顔を覗きこんできた。

「さあ……なにもおぼえていなくて」

なにごともなかったように呟いてうつむきながらも、早瀬の躰は小刻みに震えていた。

あの夢は、いったい何なのか。

竹林の中に月下美人が咲いている庭は、他ならぬ自分の実家——旅館の奥庭だったように思う。

まぶたに刻まれた残像を振り払うように、早瀬は首を左右に振った。

そんな早瀬のあごに手をかけ、若宮が耳元で囁く。

「寒いのか？」

「いえ」

早瀬は薄く微笑した。気づかうように、若宮の手のひらが早瀬のほおを胸へと抱きよせ、腰に腕をまわして躰の上に引きあげる。

紺色の肌触りのいい若宮のパジャマに額をあずけ、早瀬は小さく息を吐いた。すると。

「……早瀬、さっきの電話は京都の実家からなんだろう？」

静かに訊かれ、息を呑む。眠っているときに、なにか口走ったのだろうか。

「兄からです。お盆はどうするのかと訊かれたのですが、今年は帰省しないと断ったんです。旅館を経営しているので、お盆もなにもないんですが」

とっさに早瀬は笑みを作った。先にここまで言っておけばよけいなことは尋ねられないだろう。

「確か、きみは大学のときに東京に出てきたんだったよな。言葉が訛《なま》っていないが、両親は京都の人間なんだろう？」

「はい。方言は……十年も経ったので忘れただけです」

そう呟き、徐々に視線を落としていく。京都を離れてもうすぐ十年になる。その間に、言葉だけでなく、なにもかも忘れたはずなのに、どうして今ごろになって……。

うつろな表情をしている自分を不審に思ったのか、若宮がそっと耳元で尋ねてくる。

「なにか、困っていることがあるのなら話してくれないか」

一瞬、顔をこわばらせかけたものの、早瀬は表情を変えず、上目《うわめ》づかいに視線を流し、若宮を見あげた。この男は、やはりさっきの兄との電話を……聞いていたのだろうか。

さぐるような目で睫毛《まつげ》を揺らす早瀬に、若宮がいつもの優しいまなざしで語りかけてくる。

「力になれるかなれないかは、わからないが、少しでも手助けができるなら」

やはり聞いていたらしい。しかし、この男に話して……どうなるものでもない。あの夢と兄の電話は関係のないことだ。電話がかかってくる前から見ていたのだから。

「別になにも」

視線をそむけ、早瀬は口を噤んだ。

「早瀬、なにも言ってくれなければ、どうすることもできないだろう」

そう言って、若宮がなおもこちらを覗きこもうとする。

「ですから、なにもないと言っているでしょう」

ためいきをつき、早瀬は若宮の肩に手をまわした。

これ以上、なにも言わせたくなくて無理やり唇を重ねてやる。

「はや……っ」

ふいを突かれ、驚いたように若宮がまぶたをひらく。が、それを無視して、もう一度唇を吸う。

音を立てて口づけたあと、早瀬は乱れた前髪のすきまから若宮を見下ろした。

薄暗い部屋の中、ベッドサイドの小さなライトが端整《たんせい》な若宮の顔に深い陰を落としている。

ふだんは色素の薄いその双眸《そうぼう》が、暗闇で見ると、濃い色をしていることを知ったのはいつのことだったか。

じっと若宮の双眸を見据え、シーツを背にまとったまま早瀬はたくましい肩を両手で押さえると、ひざをついてその躰を跨《また》いだ。

「どうしたんだ」

早瀬の腕をつかみ、困惑したように訊いてくるが、かまわずに若宮のボタンを、ひとつふたつ……とはずしていく。

なにも訊かれたくない。なにも思いだしたくない。そんな思いに憑かれ、布の奥から現れたたくましい筋肉に手のひらを添え、吸いよせられるようにそこに唇を落とす。

「……早瀬？」

いぶかるような若宮の言葉を気にせず、胸骨のラインに沿って、早瀬は音を立てながら口づけしていった。若宮の躰がこわばる。

「早瀬！」

「いや……なのですか？」

顔をあげ、早瀬は若宮を見下ろした。くせのない早瀬の前髪がふわりと若宮の額を撫でる。

あの夢が怖い。だから抱いて欲しい。と、すなおに告げるのは恥ずかしい。プライドも許さない。だから、ただ、じっとすがるように若宮の双眸を見つめるしかない。

ほんの刹那、早瀬を見据えたあと、こちらの想いがわかったのか、若宮が口元をほころばせる。

「いいよ、きみにつき合ってやる」

言われてもなにも返答することができず、若宮のほおを手のひらで包みこんで唇を重ねた。今度は深く濃く、たがいの呼吸を奪い合うように。

「ん……ん……っ」

唇を舌でこじ開け、口腔《こうこう》の奥に忍びこみ、激しく若宮の唇を求めていく。ためらうことなく、若宮が舌を絡め返してきた。

こういうのは悪くない、と思う。己《おのれ》の感情を言葉や態度で表すのは苦手だが、こんなふうに唇を通してしまえば、少しはすなおに感情を伝えられそうな気がした。

たとえば、こちらを気遣《きづか》って相手が遠慮しているように感じると、大丈夫だという意味をこめて自分から少しだけ積極的に求める。けれど調子に乗って強引に貪《むさぼ》られそうになると、あごを引いて相手をたしなめてやる。

そんなことを考えながら若宮の肩を押さえつけ、早瀬は深く唇を貪っていた。

「ん……ふ……っ」

大きな若宮の手のひらが布超しに背中をかきいだき、骨に喰いこみそうなほど強く愛撫《あいぶ》される。それだけで、冷えて乾いていた躰に少しずつ温かい潤《うるお》いが満ちるようだった。

やがてパジャマのすそを捲りあげられ、素肌の上に手のひらが滑りこんでくる。

意外なほど冷たい感触に、身をすくませそうになったのは一瞬だった。小さな尖りに触れた指先にきゅっとそこを揉みしだかれ、むず痒い痺《しび》れが広がっていく。

衝《つ》きあがる感覚に、思わず目を瞑《つぶ》る。そのすきに若宮が起きあがり、耳朶に舌を絡めてきた。

「や……ん……っ」

ぞくり……とした疼《うず》きに抗いかけたものの、弾力を確かめるように乳首を押し潰され、早瀬は知らず若宮の肩をつかんでいた。

「そういえば、きみはここが好きだったな」

そう言って、若宮がこめかみに唇を這わせる。まぶたに、まなじりに、ほおに、愛《いと》しそうに口づけを落とされ、早瀬は少しずつ陶然となっていった。

首筋に触れる吐息。たがいの肌がこすれ合うたびに感じる、その体温の高い胸板の厚さ。

肌の奥がざわめき、触れられた細胞のひとつひとつが若宮の動きを追っている。

「……っ」

むき合うような形で早瀬の腰を抱き、若宮が首筋に顔をうずめてきた。嚙みつくように肌に喰らいつかれ、早瀬は息を詰め、身をのけ反らせる。

獰猛に貪りついてくる唇。甘咬《あまが》みされ、唇で食まれ、歯でかじりつかれ、舌で執拗《しつよう》に嬲《なぶ》られ、肌のそこ彼処《かしこ》に甘く熱い火花が散っていく。

何という心地よさ。このままゆくりなく溶けてしまいたくなるような感覚に早瀬の意識は酔わされていた。そうして、ゆっくりと胸を撫でていた若宮の手のひらがズボンの中に忍びこんできた。

すでに快楽を求めて雫《しずく》を滲《にじ》ませていた先端に指を絡められる。きゅっとにぎり締められたとたん、一気にそこから衝きあがる感覚に、早瀬は背をしならせた。

「あ……あぁっ」

若宮のたくましい腕に腰を抱きよせられ、身をよじって疼きをこらえることはできない。とろとろと先端から漏れる雫を絡めて、手のひらを上下に動かされるたびに、ぬめった淫猥な音が室内に響く。

いつもなら多少の羞恥をおぼえるその音も、今夜はいっそうの快楽を煽《あお》るものでしかない。このままめちゃくちゃにして欲しい。そう思った。

その鋭い目で自分を射抜き、このたくましい腕で骨が砕けるほど激しく抱き締めて欲しい。次に眠ったときに夢の続きを見ないですむように。

快感が衝きあがるごとにあふれる熱い雫が若宮の指を伝って、己の内腿《うちもも》を濡らすのがわかった。

一滴、二滴と内腿を落ちていく自身の滴り。その露が肌を伝っていくたびに、それがこれから得られる恍惚への一歩だと思え、もっと昂《たかぶ》りたくて、もっと翻弄して欲しくて、早瀬は喉からせがむような声をほとばしらせてしまう。

「あ……ああ……もっと……お……ねが……っ」

若宮の背に手をまわし、上から覆うようにその唇を貪る。顔の角度を変えて舌を絡ませ、濃厚な口づけに意識がくらみそうになったとき、若宮の指が奥の窄まりに触れた。早瀬から滴ったぬめりを借りてそこを、ゆっくりと撫であげたかと思うと、ずぶりと指をねじこむ。

かっと痺れが走り、早瀬は背をくねらせた。

「……ん……あ……そう……んっ」

指をうごめかされるたびにそこがひくつき、若宮の指に強くしがみ着いていく。けれど、指よりも大きく凶暴なもので貫《つらぬ》かれたくて、呼吸をするように内壁が浅ましい収縮をくり返していた。

すっと指を引きぬき、若宮が顔をのぞきこんでくる。

「どうしたんだ、きみがこんなに欲しがるなんて」

「……いけません……か」

乱れた髪を額に貼りつかせ、早瀬は恍惚とした表情で答えた。目を細め、満足げに若宮が微笑する。

「いや。ここまで淫乱なきみはめったに味わえないからね」

「何と……でも」

好きに言えばいい。この躰を快楽で満たしてくれればそれでいいのだから。だからとことん喰らい尽くして欲しい。そう告げる言葉の代わりに、早瀬は男の肩に爪を立てた。

うながされたことに気づいたのか、若宮は早瀬の腰に腕をまわして押し倒し、上から覆いかぶさってくる。下着ごとパジャマのズボンを脱がされ、ひざをかかえられた。

「——わかったよ」

耳元でそう囁かれて浅く息を呑んだ次の瞬間、粘膜《ねんまく》を引き裂くように穿たれ、早瀬は大きく身をよじった。

「あ……ああっ」

ベッドが軋んで揺れる。

ぐっと若宮が内壁を押し割り、早瀬の腰は勢いと重みを受けてスプリングの奥へと沈みそうになった。けれどスプリングの弾力にはじき返されるように腰が浮きあがり、そこを一気に抉《えぐ》られる。

かっと粘膜に火が走り、猛烈な圧迫感に脳が痺れていく。

「あ……あ……ああ……っ」

若宮の肩に手を彷徨わせ、律動に合わせて腰を動かす。胸と胸がこすれ合い、腰がぶつかり合って濡れた音が室内に響く。

もっとわれを忘れさせて欲しい。もっと熱く焙って欲しい。

「……っ……もっと……灼いて」

早瀬が甘い声でせがんだそのとき、ふいに切なげな若宮の声が鼓膜に触れた。

「かわいそうに」

かわいそう？　誰が……自分が――？

「どう……して」

かろうじて掠れた声でそう訊いた。若宮が首を左右に振る。

「いや、今は……すべて忘れろ」

そう言って、ゆっくりと若宮が顔を近づけて唇を塞ぐ。唇を合わせながら若宮の腕が腰を引きよせ、繋がりがいっそうの深さを増す。どくどくと己の内側でそれが大きく脈打つのがわかる。緩慢に振動して粘膜を圧迫する猛烈な楔《くさび》の勢いに、言葉の意味を問いかけようとした意識は消えてしまう。

「――っ！」

一気に腰が崩れそうになる錯覚を感じながら、それでも内側に入りこんできたそれを強く締めつけて身悶えする。律動に合わせて腰を動かし、確実に快楽を与えてくれるポイントへと自ら若宮を導いていく。ついこの間まで、こんな快感があることを知らなかったのに。今では、他人に貫かれ、われを忘れ、快楽に満たされることに喜びを感じている。

早瀬の粘膜は熱を孕《はら》み、まといつくように若宮の屹立《きつりつ》に吸着し、結合した部分から広がる悦楽をあますことなく味わおうとしていた。

「ん……あ……あぁ」

狂暴な獣《けもの》と化して、もっともっと乱れさせて欲しい……。

言葉の代わりに、身をよじって若宮の背に腕をまわし、はしたなくも腰を擦りよせて自分からせがむ。すると、いっそう強く突きあげられ、早瀬は嬌声《きょうせい》をあげた。

「ああ……ぁ……っ」

われながら、何と淫《みだ》らで、何と恥ずかしいことをしているのだろうと思う。

けれど、そんな迷いを振り払うように自分に言い聞かせる。

このために、自分はこの男と暮らしているのだ、と。

愛でも恋でもなく、こうして肉の快楽を分かち合うために。

しかし。そう思う一方で、この男が怖い——という思いが胸の片すみで揺れている。

花の香、夜空の星、人と人の繋がり、そして過去……。若宮と接するたびに、自分は次々とよけいなことを思いだし、ついには京都の夢まで見てしまうようになったのではないか。

十年以上前に封印した、記憶を呼び覚ますかのように、この男は躰の奥の快楽を暴《あば》くだけでなく、心の奥まで暴きだそうとしているのかもしれない。この男といると、法廷で弁護士に追いつめられる被告か、接見されている被疑者になったような錯覚をおぼえてしまうのだ。

けれど、今の早瀬にそれを冷静に考えるゆとりはなかった。

最奥《さいおう》を貫かれ、ひときわ大きく快楽が駆けぬけ、躰が小刻みに痙攣《けいれん》する。それでもなお抽送《ちゅうそう》をくり返そうとする男に、もはや羞恥も理性もなく早瀬は惑乱する以外にない。

「あ……あぁ…っ」

大きく身をのけ反らせ、若宮の背をかきいだく。

躰の奥に広がっていく快楽の波。その奔流《ほんりゅう》に呑みこまれ、われ知らず若宮の腰を引きつけて、早瀬はその背をかきいだき、感じるままに腰を揺らし続けた。

理性が消え失せ、思考が寸断され、意識を失うその瞬間まで——。

お盆休みが近づき、丸《まる》の内《うち》のオフィス街にはいつもとはちがう開放的な空気が流れ始めていた。

金曜の朝——。

倉橋物産《くらはしぶっさん》では、夏休み前の、物流部と開発部の最後の企画会議が行われている。

連日の会議も佳境《かきょう》を迎え、今日あたりに企画の最終案をまとめなければならなかった。

「——では次に、開発部の早瀬さん、お願いします」

広々とした会議室で司会を務めている社員に名指しされ、早瀬は書類をつかんで立ちあがった。

会議室のすみに社長と若宮が座り、それぞれの営業社員の意見に耳をかたむけている。

早瀬が海外開発部で進めているプロジェクトの説明を始めようとしたそのとき。

大きな楕円形《だえんけい》のテーブルのむかいの席に座っていた男が手をついて立ちあがった。

それが物流部の酒井課長だった。眼鏡をかけた大柄な男を、早瀬は冷ややかなまなざしで見た。

「その前に早瀬さんにひとこと質問していいでしょうか。欧州企業の件で……」

──例の件、か。

毎回毎回、会議のたびに物流部の課長は早瀬の書類を見るなりクレームをつけてくる。

こんな相手になにをどうやって理解してもらえばいいのか。

この前の日曜、若宮に言われたことを頭の片すみには置いていたものの、早瀬はまだうまくこの男に自分の意見を理解してもらうことができないでいた。

「酒井課長、ですが、そこの数字が示しているとおり、今回にかぎってはドイツ系の企業と取引するのがベストだと思います。ただ、今朝、海外開発部で……」

「ふざけるな！　今回の件は、すでに古くからつき合いのあるイギリスの企業と話を進めているんだ。今さら、他国の企業を中に入れる気はない」

「待ってください。古い商社体質で仕事をしていれば、欧米に置いていかれます。ですから、今回は時代の流れに合わせ……」

早瀬の言葉をさえぎるように、酒井が力まかせにテーブルを叩いた。

ドン……と、大きく響き渡った音に、その場にいる数十人の顔に驚きが走る。

酒井は早瀬を睨みつけたあと、陰気な声で独りごとのように呟いた。

「以前は、スタンレー社にいたエリートか何だか知らないが、たかが勤続半年にも満たない二十代の若造《わかぞう》のくせに独断で話を進められても困る」

早瀬はあきれたように肩で息を吐いた。揚《あ》げ足《あし》を取るようなことは言わないで欲しい。そんな発言がどれだけ時間のロスを生み、仕事を遅らせてしまうかがわからないのか。

「私の経歴は会議の内容と関係ありません。課長がそのような古い考えをお持ちだから、物流部全体の体制が遅れているのではありませんか」

無性に腹立たしくなり、早瀬は冷たい声で吐き捨てた。その機械のように抑揚《よくよう》のない話し方は、口からの言葉以上に、相手に鋭く突き刺さったらしい。

酒井の顔が蒼白に歪《ゆが》んでいく。こめかみを震わせたあと、酒井はこれ以上ないほど憎々しげに早瀬を見据え、口元にふっと意地の悪い笑みを見せた。

「確かに……時代は変わったな。祇園の芸妓の息子ごときが上司にえらそうに説教をするとは」

酒井の発言に、会議室にざわめきが広がる。早瀬は知らず目を見ひらいていた。

どうして、そのことを……。

唇がわななきそうになったが、まわりの視線に気づき、早瀬は表情を引き締めた。

「早瀬くんの母親は祇園で名高い娼婦《しょうふ》のような女性だったそうじゃないか。パトロンの息子をたぶらかして心中した話は、現代の曽根崎《そねざき》心中だと、一時期、ワイドショーをにぎわしたそうだが……」

嘲笑《あざわら》うように言う課長の言葉に、会議室にざわめきが広がっていく。

言いがかりはやめろ。芸妓は娼婦とはちがう。芸妓は、宴席に興を添えるために自身が身につけた舞などの芸を売りものにする女性で、安易《あんい》に躰を売ったりはしない。

第一、それは仕事となにも関係ないことだろう。そんなくだらない発言をすることで、酒井は自分の品性を下げていることに気づいていないのか。

そう言ってやりたい。しかし、なぜか言葉が出てこない。会議室のテーブルについた十数人の社員、それに部屋の片すみで会議の様子を見ている社長、秘書、そして、若宮……。

固唾《かたず》を呑んだように、全員の視線が自分に注がれている。社長を始め、重役がなにも口出ししないのは、自分がどうこの場を切りぬけるか様子をうかがっているからだろう。

なにか言わなければ——と、思うのに、焦れば焦るほど躰が硬直してしまう。

そんな早瀬を小気味よさそうに見つめ、酒井が薄笑いを浮かべる。

「反論できないというのは……自分でも気にしているのか。早瀬くんは…」

そのとき、凛《りん》とした声が酒井の言葉をさえぎった。

「お待ちください、酒井課長！」

毅然《きぜん》と立ちあがったのは、早瀬の部下で、前社長令息《れいそく》の倉橋柊一だった。

「課長、早瀬主任は、今朝のミーティングで物流部との関係を大切にするようにとおっしゃっていました。そちらをないがしろになさっているわけではありません」

柊一の言葉に、酒井が硬直する。

「それから、若輩者《じゃくはいもの》ではありますが、今日から私が物流部の担当をまかされることになりました。なにか問題があるのでしたら、どうぞ遠慮なく私におっしゃってください」

強い口調できっぱりと言い切った柊一に、酒井は気まずそうに視線を落としていった。

「そう……でしたか。わかりました。それならけっこうです」

早瀬から顔をそむけ、酒井が席に座り直す。

さすがに新人であっても、元社長子息の発言は大きいらしい。

「では、私は続きを…」

平生《へいぜい》の表情のまま、早瀬は書類を読み始めた。なにごともなかったかのように会議室は静まり、社員たちがこちらの説明に耳をかたむけてくれる。

しかし、冷静に会議を進めながらも、早瀬は内心で動揺していた。

酒井は、これまでのことで自分に腹が立ったから、陥《おとし》れたくて過去を調べたにちがいない。

早瀬は心の中でためいきをついた。

芸妓たちがどれほど日本文化の担《にな》い手だという誇りをもって働いていたとしても、世間の目はまだまだ花街の人間を特殊な世界の人間として見てしまう。

だから、誰にも知られたくなかった。なのに、こんな形でばれてしまうとは。

せっかくここまでやってきたのに……。

「——以上で、海外開発部からの報告を終了します」

やがて会議が終わり、社員たちがぞろぞろと部屋をあとにする。

「柊一さん、さっきはどうもありがとうございました」

廊下《ろうか》に出ると、早瀬は柊一に深々と頭を下げた。

「こちらこそ、さしでがましいことをして申しわけございませんでした。どうしても課長の発言が許せなくて……あんなふうに、仕事と関係のないことを……」

手をにぎり締め、かすかな怒りをこめて言う柊一を、早瀬はやるせない気持ちで見つめた。

この凛とした社長令息には、あの課長のしたことが許せないだろう。育ちがよく、他人を疑うことを知らないゆえに。その純粋な正義感が、少し若宮のそれと似ているような気がした。

「いえ、今回のことは私のミスです」

そう、多分、若宮の言った通りなのだ。企業は人間が動かしている。だから理解してもらえない相手に理解してもらう努力をする……。自分はそのことを考慮していなかった。

いや、考えもしなかった。他人への配慮や立場を思いやる気持ちが欠けていたために、ああいうことになったのだ。

酒井の気持ちを逆撫《さかな》でさえしなければ、彼もあそこまでは言わなかっただろう。

明日からが夏休みでよかった……と思う。一週間の間に、噂も消えてくれるだろうか——。


その夜、早瀬は海外開発部に最後まで残って仕事をしていた。

酒井の発言が原因で社員たちの態度が変わることはなかったが、ふとしたときに、どこからともなくひそひそと囁き合う声が聞こえてきた。

大事な前社長の令息の教育を、彼にまかせていいのか。そんな噂話を無視し、黙々とパソコンにむかっているうちに、気づけばまわりには誰もいなくなっていた。

そろそろ帰るとするか——。

パソコンを鞄にしまい、今朝、女子社員からもらった紙袋を早瀬は机の下から取りだした。

お中元に届いた品物をみんなで分けると言って、女子社員が缶ビールやウイスキーのボトルを入れた紙袋をくれたのだ。

このまま若宮のマンションに戻るのも気が重いし、どこか人気《ひとけ》のない公園で酒でも飲もうか。

そう思って立ちあがり、椅子に引っかけておいた上着を取ろうとしたときだった。

ノックとともに扉がひらき、振り返ると、そこに酒井が立っていた。

どうしたのだろう。手に缶ビールを持ち、酔っているかのように赤い顔をしている。

「話がある。いいか？」

やはり酔っているらしい。声が上ずり、足元はおぼつかない様子だ。

社屋《しゃおく》では飲酒禁止…などと注意すれば、また怒らせるかもしれないので早瀬は口を噤んでおいた。

ふらつきながら酒井は早瀬の近くまで歩みより、ぎらついた目で睨みつけてきた。

「社長に呼びだされて言われたよ。大事な会議を乱した罰《ばつ》として、三カ月間、三十パーセントの月給をカットするとさ」

吐き捨てるように言って、酒井が缶ビールをぐいと飲み干し、アルミでできた缶をくしゃくしゃとにぎり潰していく。

横目でそれを一瞥《いちべつ》し、早瀬が視線をそむけると、酒井が舌打ちする。

奇妙な気配にはっとしたとき、突然、丸められた空き缶が飛んできた。とっさに避《よ》けようとしたがそれが額をかすめ、鋭い痛みとともに一筋の血がまなじりから流れ落ちてきた。

「なにをするんですか」

指先で血をぬぐい、早瀬は思わず声をあげた。次の瞬間、酒井に胸倉《むなぐら》をつかまれる。

「おまえのせいだよ！　どうしてくれるんだ、家のローンも息子の進学費も必要なのに！」

早瀬は息を呑み、怒りに顔を歪めた男を見つめた。

これ以上、怒らせたくはない。また、妙なことをさぐられるかもしれない。

自分の出生《しゅっしょう》のことなど、祇園の人間しか知らないことだ。

秘密主義を貫く彼らは、祇園のことを安易に外部の人間に漏らしはしない。

幼いときに自分が出生のことを知らされたのも、その世界の内側に住む人間だったからだ。

なのに、それを執念深く調べあげ、しかも母が心中した事件まで持ちだすような男だ。

探偵か、なにかそういった手段を使わなければ、決してわからないことを……。

もしかすると、この男は十二年前のあの事件まで調べてはいないだろうか。

そんな昏い不安が胸に広がるとともに、ふいに耳の底でちりん、という風鈴の音。そして、その奥からかすれた女性の声が聞こえてくる。

『あんたさえ、生まれてこなければ。あんたがすべての元凶や』

激しい憎悪の焔に灼かれた過去の記憶と、頻繁に見るあの悪夢とが交錯して脳裏をかすめ、早瀬は凍りついたように硬直した。

自分さえ。自分が元凶。自分のせいでなにかあったら。そう、この男に、もしも若宮との関係が知られてしまったときは――。

そう思っただけで心臓が早鐘のように鳴り、足元がぐらつきそうになる。

若宮の将来、弁護士としての立場を、自分のせいで傷つけたくはない。いてもたってもいられない焦燥が胸の奥からこみあげ、早瀬は無意識のうちに低い声で呟いていた。

「——どうもすみませんでした」

すると、酒井がくっと喉の奥を鳴らして嗤う。

「何だ、謝ることができるのか。本心から悪いと思うなら、そこに手をついて謝るんだな」

ぐいと胸倉を引きあげられ、あごを殴られる。そのまま床へと叩きつけられ、早瀬は痛みに顔を歪めた。けれど息を殺してそれをこらえ、静かに床に手をつく。

「すみませんでした」

頭上で酒井が声をあげて嗤うのがわかった。うつむいたまま、早瀬は自分に言い聞かせた。こんなことは対したことではない、と。この男の気がすむなら、何度でも謝罪しよう。これは自分の招いたことだ。若宮から注意を受けていたのに、うまく対応できなかった自分への罰。

「意外とプライドのない男だったんだな」

哄笑しながら早瀬の頭を足で踏みつけたあと、酒井は椅子に引っかかっていた早瀬の上着を取り、そこから財布《さいふ》をぬきとった。

「十万か。少ないが、これで許してやるよ」

そう言って酒井は最後に早瀬の上着にビールをかけ、きたときと同じようにふらついた足どりで部屋を去っていった。

ようやく行ってくれたか——。

床に手をついて半身を起こし、早瀬はためいきをついた。今になって、じわじわと痛みが広がってくる。髪は乱暴に乱れ、唇の端は切れ、服は汚れていた。

いったい自分がどんな姿なのかわからないが、きっとひどい顔をしているのだろう。

早瀬は力がぬけたような顔で、そばにあった机によりかかった。

悔しい……という気持ちはない。酒井への怒りもない。

ただ、ここまで他人に憎まれていた自分を改めて痛感し、情けない気持ちだけが支配していた。

倉橋物産に入社してからの日々。それらが脳裏の奥から甦ってくる。

取引先との接待は、仕事だと割りきって顔を出していたが、仕事と関わりのない人間関係をすべて拒否してきた自分。

部内のちょっとした飲み会、女性社員との合コン、日曜のゴルフ大会、それに冠婚葬祭……。

人間関係など無駄なことだと自分に言い聞かせ、他人とは距離を取って、すべてのつき合いを拒んできた。その中で、自分はきっと他にも他人に疎《うと》まれることをしてきたのだろう。

そんな気がしてならない。そう、東京に出てくるまでと同じように——。

と、思った瞬間、ふいにしゃがみこんでいた床がぬかるみ、昏く冷たい底なしの沼にじわじわと躰が引きずりこまれていくような感覚をおぼえた。

足元からまといつくような冷たい泥に、躰が激しく身震いする。

それを振り払いたくて、早瀬は目の前の机にすがりつくようにしがみ着いた。

ファイルや筆記用具が積み重なった机に手のひらを彷徨わせてさぐり、こつんと指の先に触れた受話器をたぐりよせる。

無意識のうちに押していたのは法務部の内線番号――。なぜ、そこにかけようとしているのか、自分でもわからない。ただこの震えを、この冷たい感覚をぬぐい去りたくて。あの深みのある優しい男の声を聞くだけで、この恐怖がぬぐい去れる気がした。しかし。

「――法務部でございます」

内線に出たのは、女性だった。多分、秘書だろう。電話のむこうから、社長と話をしている若宮の声がうっすらと聞こえてきた。

早瀬はそのまま受話器を置いた。

足元から躰が冷え、胸の底に氷河が溜まっていくような寒さをおぼえた。

バカな……。自分は若宮になにを求めているのだ。あの男の優しさに甘えようとする人間に、散々、文句を言いながら、都合のいいときだけ、自分がすがることなんてできない。

対等でいたい、そう思い続けてきたのに、こんなときにだけたよってどうするのだ。

「……こんなことは、たいしたことじゃないから」

自分に言い聞かせると、早瀬は雑然と乱れた椅子や机を整え、上着と荷物をつかんで部屋を出た。

このまま部室にいれば、巡回《じゅんかい》にくる警備員と鉢合わせしてしまう。まだ残っている社員がやってくるともかぎらない。

とにかく、どこか独りになれる場所に行きたかった。

痛みをこらえて非常階段を降り、そのまま人目を避けて地下までたどり着いたものの、自分の乱れた格好を見られるのがいやで、早瀬は若宮の車の後ろに座りこんだ。

もう少し人がいなくなる時間まで、ここで過ごそう。まだ躰のあちこちに痛みが残っているし、このまま道を歩いていたら、誰かに不審に思われる。

若宮の車にもたれかかり、早瀬は女子社員からもらったビールを開けた。冷えていないが、それでもなにもないよりマシだった。

いったい、自分はなにをやっているのだろう。自分を肯定してくれる場所、必要としてくれる場所、確かな居場所を作るために、東京に出て十年近くやってきたのに。

会社は仕事をするだけの場所。結果がすべて。人間関係に振りまわされず、クールに、合理的に、それこそ機械のように仕事をこなしていけば、会社にとって必要な人間になれると信じてきた。

しかし、そう思いこんで進んできた自分の道が、この先、どこにむかっているのかが見えない。

間違った道を歩んできた気がしてならないのだ。

そんな焦燥《しょうそう》に駆られながら五本目のビールを飲み干し、ウイスキーの封を開けてそのまま口に含んだとき、低い声が頭上から響いた。

「——こんなところにいたのか」

早瀬の前にひざをつき、若宮が両肩をつかんでくる。なにがあったのか確かめようとする若宮から顔をそむけ、早瀬は平静な声で言った。

「夏休み前なので、ちょっと羽根を伸ばしているだけです」

笑顔で言ったものの、額の傷や殴られた痕跡《こんせき》、服装などの尋常《じんじょう》でない様子を隠すことはできない。

若宮はとんとんと優しく早瀬の肩を叩き、車の助手席に座らせた。

「ちょっとそこで待っていろ」

そう言って一度車から離れ、十分ほどして戻ってきた若宮は、うつむいている早瀬の額を消毒し、冷たいタオルでほおを冷やすようにと言って、運転席に座った。

会社を出てしばらく進むと、若宮は路肩《ろかた》に車を停《と》め、話しかけてきた。

「……酒井に、なにかされたのか？」

早瀬のほおを手のひらで包み、穏やかな声で訊いてくる。早瀬はかぶりを振った。

「いえ。これは自分で転んだんです」

「すまなかった。人間関係を大事にしろなどとおれがよけいなことを言ったから、きみは自分に責任を感じて、酒井になにも抵抗せず殴られた。ちがうか？」

反論できず、早瀬は口を噤んだ。

「……きみが殴られているのを見た社員がいたんだ。驚いて社長の秘書室に連絡して、社長からおれに連絡がきて、それからずっと探していたんだが」

「そう……でしたか。ご迷惑をおかけしてすみませんでした」

「酒井は、そのうちクビになるだろう。社長もひどく怒っていた。社内で酔った挙げ句、暴力を振るうような人間を会社に置いておくわけにはいかないからね」

「それはいけません。彼にも生活がありますし」

早瀬は顔をあげ、とっさに反論した。

「今回のことは、私のせいなんです。私にまわりへの配慮が足りなかったので招いたことですから、そういう処分はやめてください」

もういやだった。他人から憎悪をむけられるのは。クビになってしまったら、酒井は益々《ますます》自分のことを憎んでしまう。どんな復讐をされるかわからない。それが怖かった。

「しかし、暴力事件を起こした人間を置いておくわけにはいかないだろう」

「彼にも人生があるんです。長い間、彼は何の問題も起こさず、この会社で実績を積み重ねてきました。私にそれを尊重する気持ちがあればよかったんです。今回のことだけで判断せず、もう少し長い目で見てあげられませんか？」

「わかった。きみがそこまで言うなら社長に進言しておくよ。しかし、きみがそこまで思いやりのある人間だったとは驚きだね」

「いいえ。ちがいます。思いやりなんてありません。ただ……あなたと出会ってから」

うつむき、早瀬は言葉を止めた。

なにも気づきたくなかったのに。なにも思いだしたくなかったのに。

若宮と出会ってから、いろんな感情が胸に渦巻いてどうしていいのかわからない。

この間までの感情のない自分でいたかったのに、もうそのときの自分には戻れない。

早瀬はうらめしげに若宮を見つめた。

「あなたのせいで、私はどうしていいかわからなくなっています。あなたと出会ってから、なにか少しずつ自分が変わっているようで困るんです」

アルコールにあと押しされて口から出た早瀬の言葉に、若宮が眼鏡の奥の目を細める。

「自分のことがわかっているのか。ようやく人間らしくなってきたな。えらいえらい」

若宮は早瀬の前髪をくしゃくしゃと撫でてきた。

「また、そんなことを。ストラップのときもそうでしたが、子供扱いはやめてください。迷子の子供とか、危なっかしいとか。そんなふうに言われると、自信をなくしてしまいそうで混乱します」

「自信がなくなったのは、おれのせいじゃない。薄々、きみが自覚していたからだろう。自分が迷っていることを。きみがなにかから逃げている気がして、ああ言っただけだから」

「それならくだらないギャグを言われているほうがずっとマシです。驚いて固まっていればいいだけのことですからね」

そう言って、早瀬は据わった目で若宮を見た。

「おいおい、酔っているのか？　きみの言っていることがまるで理解できないんだが」

「弁護士なら理解してください！」

「努力はしているんだが、理解できない。ちゃんと論理立てて言ってくれ」

ハンドルにひじをつき、若宮はあきれたようにためいきをつく。

すいと顔をそむけ、早瀬は拗ねたように呟いた。

「どうせ言い負かすくせに」

「大丈夫だ。ケンカをしたときはおれが負けてやるから」

明るく言われ、思わず早瀬は若宮の胸倉をつかんだ。

「あなたのその姿勢がムカつくんです。ちょっと年上だからって、すぐに私をバカにして」

「しかたないだろう、おれはきみより七歳も年上なんだから。だけど、別にバカになんてしていないさ。きみの仔猫っぷりがかわいいだけだから」

「仔猫……この私が……ですか？」

一瞬、絶句したあと、これ以上ないほど眉間に皺を寄せて早瀬は若宮を睨みつけた。

「ああ。見た目は、なまめかしくも美しい大人の黒猫。しかし中身は強がって大人の振りをしている赤ちゃん猫だ。しかもまだ目も見えていない」

「若宮さん……一発殴られたいんですか」

一発とは言わず十発くらい殴ってやりたい。そんな衝動が押し寄せてきたが、さすがに会社の上役に暴力を振ることはできないと自分に言い聞かせて、それを押しとどめる。

唇を噛んで怒りに耐えようとする早瀬に、若宮は目を細めて微笑した。

「殴りたければ殴れよ。それできみの気がすむのなら」

こちらを逆撫でするようないいざまに、早瀬は舌打ちし、若宮から手を離した。

「私も社会人ですからね。むやみに暴力を振るったりはしません」

「じゃあ、代わりにキスしてくれ」

と、ふざけた口調で言いながら、若宮があごに手を伸ばしてくる。

そのまま口づけされると思ってまぶたを閉じ、早瀬は唇をわずかに窄《すぼ》めた。

けれど、ふわり……と、そこに触れたのは若宮の指先だった。

ゆっくりと唇の端をなぞられかと思うと、手のひらにほおを包まれる。

早瀬はまぶたをひらき、若宮を見あげた。

やるせなさそうに目を細めた若宮が、絞りだすような声で言う。

「きみが殴られたと聞いて、心臓が止まりそうになったよ。そばにいたら代わりに殴られることもできたのに。こんなに愛しているのに、いざというときにたよりにならない自分が歯がゆいよ」

愛している……という言葉に、早瀬は睫毛を震わせた。

驚いたように目を見ひらく早瀬に、若宮が片眉をあげ、苦笑を浮かべる。

「気づいていなかったのか」

気づくもなにも……。早瀬は唇を噛み締めた。

愛……なんて、欲しくない。そんなものを与えられたこともなければ与えたこともない。

自分は誰も好きになれない。誰も愛せない。誰からも愛されたくない。求めてもいない。

それなのに、若宮と関係を持ってしまった。いったい自分はなにを望んでいるのか――。

「きみは、そんなにおれが好きになれないのか？　それともおれが嫌いなのか？」

さぐるように訊かれ、視線をそむける。好きか嫌いかと言われれば、好きと答えるしかない。

心を見透かすようなまなざしやふいに見せる優雅な笑み。

一瞬にして憂《うれ》いや迷いを消してしまう巧みな話術や、法廷での確信に満ちた理論……。

こちらを温かくいたわるような口づけや腕のぬくもりのむこうに、若宮はとてつもなく大きな優しさや広さを内包《ないほう》している。だから社内でも社外でも若宮と関わったことのある人間は、彼をたより、彼に甘え、彼に救いを求めて自分の心を解放してしまうのだ。

そのせいかもしれない。まるで甘い罠《わな》に搦《から》め取られたように若宮と関係を結んだのは。

「あなたのことは、多分、少しは好きですが」

口ごもりながら言った早瀬に、若宮が気を取り直したように微笑する。

「きみにしては、上等の返事だよ」

そう言ってエンジンをかけ、若宮が車を発車させる。

「……このまま旅行に行こうか」

「え、ええ。そうですね」

いきなり旅行というのは性急な気もしたが、話題が変わったことで、早瀬はほっと胸を撫で下ろし。愛情に応《こた》えることはできないが、旅行につき合うくらいならできる。それに。

「私も……遠くに行きたい気分です」

窓にひじをつき、早瀬は目を細めた。十八のときに出てきた、この東京という街……。

故郷や家族から背をむけ、彼らへのあてつけのように前だけを見つめて努力してきたが、今、自分が行き詰まっていることに気づいてしまった——。

他人との距離感がわからない。人間は機械ではないから、合理的に行動するだけではやり過ごすことはできない。理屈で割り切れないことに直面したとき、どうすればいいのかがわからないのだ。

自分がこんなにも、もろい人間だったとは……。

早瀬はぼんやりと車窓で流れゆく夜の都会を見つめた。

遠くに行きたい。どこかちがう環境に、そう、誰も自分を知らない場所に行って、ゆっくり過ごしたいと思った。これからどうすればいいのか。それをもう一度考え直すためにも。


遠くに行きたい。確かにそう言った。ちがう環境に行きたいとも思っていた。

そして、確かに、六時間以上、高速を飛ばして、遠方にやってきたわけだが。

しかし、これはあまりにひどいのではないか。

何で、自分はこんな場所にいるんだ！

助手席で目を眇めたまま硬直している早瀬を、運転席に座る若宮が静かに見ている。

車が東京を出て高速に入ったあと――。

大量の酒を飲んでいたので運転を代われなかったが、寝ないでつき合おうとした早瀬に、若宮は起きていられると気が散るので眠って欲しいとたのんできた。

また、いつもの優しさだと思って早瀬は、すなおにシートを倒して眠ることにした。

そうして、眠りについて数時間――。

着いたぞ、と、肩を揺すられて目覚めた早瀬は、愕然とした。

明け方の薄闇が広がる中、まわりを竹林で取り囲まれた駐車場に車が停まっている。

壁には「花鐘楼宿泊客専用駐車場」という看板。目の前に鈍色の瓦屋根が大きな庇《ひさし》を伸ばす、二階建ての旅館が建っていた。旅館名を刻んだ灯影が黒い格子窓や白壁をぼんやり灯している。

「どうして、私の実家なんかにいるんですか！」

窓硝子を叩き、ひずんだ声で言う早瀬に、若宮が寝不足の目を細めて微笑する。

「旅行先は京都なんだ。ここの離れを一週間借り切ったんだが、まずかったか？」

殺されたいのか。この男は――。

要するに、眠って欲しいと言ってきたのは、自分を無理やり京都に連れてきたかっただけのこと。いやがるのがわかっていたから。

それを優しさだと勘ちがいした自分が情けない。こぶしをにぎり締め、早瀬がいまいましげに若宮を睨んだそのとき、旅館の表玄関がひらき、中から数人の人影が出てきた。

現れたのは、和服姿の養母と兄の清彦、そして仲居頭《なかいがしら》の中年女性――。

十年ぶりに見る家族と仲居頭の姿に、早瀬は表情を引き締め、息を呑んだ。

「行こうか」

若宮が扉を開けて外に出る。早瀬は視線を伏しながら外に出て三人の様子をうかがった。

養母は……少し老けただろうか。自分とはちがう大きな二重の眸が印象的だ。

ほっそりとした肢体に深い瑠璃色《るりいろ》の紗《しゃ》の着物をまとった養母は、長い髪を後ろにまとめ、女将《おかみ》らしく凛とした立ち姿で若宮の前に出て、丁寧《ていねい》に頭を下げてきた。

「花鐘楼にようこそおこしやす。遠方のところ、お疲れはんどした。私は女将の千代乃《ちよの》といいます。こちらがお世話をさせていただきます仲居頭。こちらは、番頭見習いの清彦です。お家にいるときと同じようにくつろいで、どうぞ何でも遠慮なく申しつけてください」

「こちらこそよろしくお願いします。こんな失礼な時間に到着して申しわけありません」

若宮が恐縮したように言うと、仲居頭がすっと横から荷物をあずかろうとする。そのとき、早瀬と視線が合い、兄の清彦は目を細めてうっすらとほほえんだ。

「あの……」

と、言いかけた早瀬を一瞥し、養母が若宮にほほえみかける。

「お時間のことは気にせんとくださいこちらは何時でもかましません。それから、そちらの義弘は、当家の次男でございますが、今回は、若宮先生の助手として宿泊するとのことですので、従業員一同、大切なお客さまとして接します。心おきなく、お過ごしくださいませ」

「では、どうぞ、こちらへ。私がご案内いたします」

そう言って、前に出た仲居頭が荷物を持って、本館の奥にある離れへと進んでいく。

早瀬は養母と兄に軽く会釈すると、若宮とともに仲居頭のあとに続いた。

本館の横の竹林の中を飛び石伝いに進んで奥にむかうと、世間から隔絶《かくぜつ》されたような静かな空間に出る。玄関に赤い野点《のだて》の傘と床机が置かれた数寄屋《すきや》造りの建物。格子戸の引き戸を開けて中に入ると、真新しい畳《たたみ》のイ草の香りが二人を迎えた。

「京都の旅館は初めてなんだが、さすがに風流だな。現実を忘れてしまいそうだよ」

縁側《えんがわ》に立ち、若宮は室内と庭をぐるりと見まわした。

奥には布団《ふとん》が二つ並んだ寝床。手前の居間は、畳の上にアクセントログのように厚めの緋《ひ》毛氈《もうせん》が敷かれ、縁側から池のある小さな中庭を楽しむことができた。

よほどめずらしいのか、好奇心旺盛なのか、仲居頭がお茶を入れている間、若宮は欄間を指の関節で叩いて音を確かめたり、壁や畳をさわって室内散策のようなことをしている。

「畳の縁に絹を使っているとは、ずいぶん格式の高い旅館なんだな。北山杉の柱、夏用の霞障子《しょうじ》、唐紙のふすまや聚楽壁、どれも見事なものだ」

と、関心した様子で呟く若宮を、早瀬は生き字引のようだと内心で感心した。

やがて二人分のお茶を用意したあと、仲居頭が話しかけてくる。

「では、うちはこれで失礼しますさかい、ごゆるりとくつろいでおくれやす。お湯とお床の用意もしてあります。それから、ご要望のお品を用意したお箱を床の間の脇に置いておきましたんで、ご利用ください。なにか用がございましたら、内線で呼んでおくれやす。ほな、どうぞごゆっくり」

そう言って、頭を下げて仲居頭が去っていく。

早瀬は待ちかまえていたように、若宮に声をかけた。

「若宮さん、京都にくるのはかまいませんが、それがどうして私の実家なんですか」

腕を組み、いまいましげに言う早瀬に、若宮は押し入れから浴衣《ゆかた》と帯を出してぽんと投げる。

「いいじゃないか。どうせ京都にくるなら、きみの育った家で過ごしたいと思っても」

「だからって、だまし討ちのように連れてくることはないじゃないですか」

「きみがどうしてもいやだと言うのなら他の旅館に泊まってもいい。キャンセルしたとしても料理代も含めて全額支払いはすませてあるんだし、旅館には迷惑はかからないだろう」

全額……という言葉に、早瀬は動揺しそうになる胸を手で押さえた。

この離れを貸し切るためには一泊十万円以上がかかる。しかも料理を二人分注文しているということは、それに数万円を上乗せし……と考えたところで、早瀬は肩を落とした。

「あなたはずるいひとだ。そう言われたら、私が断れないことをわかっていて。正直に言ってください。先日の私の電話を聞いて、今回の旅行を思いついたんですね？」

早瀬の問いに、一瞬、沈黙したあと、若宮がうなずく。

「こういうのをよけいなお節介というのはわかっているが」

「では、仕事を手伝えというのもうそなんですね」

「すまない……検察時代の友人に会いたいというのは本当の話だが」

全身の力がぬけていくような気がした。また知らないうちにこの男の手のひらで転がされていたらしい。そう思いながらも、若宮を責める気にはなれなかった。

——迷子の子供、なにかから逃げている……。

最初から、彼には手に取るように見えていたのだろう。

「わかりました。いいですよ、ここに泊まりましょう」

ムキになって反発するのも子供じみているし、今回は若宮につき合ってやるとするか。

ひらき直ったように若宮に背をむけ、乱暴にシャツを脱ぎ捨てて、早瀬は浴衣をはおった。

すると後ろから心配そうに若宮が尋ねてくる。

「怒っているのか」

それを気にするくらいなら、うそなんてつかなければいいのに。

くるりと振り返り、早瀬は据わった目で若宮を睨みつけた。

しかし、怜悧《れいり》な若宮の目元に疲労の色がにじみ出ていることに気づき、眉根を落とした。

そうだった。東京から京都まで、若宮は一晩かかって車を運転してきたのだ……。

「どうした？」

「いえ、さすがにご老体には徹夜はこたえるのかなと思って。目元に隈《くま》ができていますよ」

ねぎらいのひと言を口にするのが気恥ずかしく、早瀬の唇から出てきたのは嫌味だった。

「ひどいな。きみと七歳しかちがわないのに。体力だって二十代には負けないし、会社でも本当の年を言ったらみんなが驚くんだぜ」

「昨夜は七歳も年上だと言いましたよ」

皮肉をこめて言った早瀬に、若宮がやれやれと肩を落として笑う。

「きみは本当に口が悪いな」

さすがに徹夜で疲れたのだろう。いつになく反論してくる姿が弱々しくて申しわけなくなる。

「あの、お風呂で疲れを取ったらどうですか。仲居さんが湯の用意をしていると……」

早瀬は立ちあがり、縁側の奥の浴室にむかった。

「そうだな」

若宮が脱衣所でネクタイをぬく。棚から手ぬぐいを出し、早瀬はちらりと若宮を横目で見た。

「あの、背中くらい……流してあげますよ。ご老体に鞭《むち》打って車を運転してくれたお礼に」

すると、なにを驚いたのか、若宮は硬直して早瀬を見据えたあと、格子窓から上空を見あげた。

「どうしたんですか」

「いや、空から核弾頭《かくだんとう》でも降ってくるかと思って」

明るく笑って言われ、早瀬は舌打ちした。

「だったらけっこうです。せっかくひとが親切で言っているのに」

脱衣所から出て行こうとした早瀬の手首を若宮がつかむ。

「待て。冗談だ、冗談。せっかくだから一緒に入ろうぜ」

そう言って、若宮は早瀬の手をつかんだまま、浴室へとむかった。

扉を開けると、淡い湯気がふわりと肌を湿らせる。木の香りのする槙《まき》の湯船。うっすらと浮かべられた月橘《げっきつ》の白い花びらのさわやかな香りが、長旅の疲れを一気に取ってくれそうな気がした。

「では、背中を流しますのでここに座ってください」

浴室用の木製の椅子をぽんと御影石《みかげいし》の上に置き、そこに若宮を座らせる。

「おれ一人だけ裸だというのは、すごく恥ずかしいんだが。きみも浴衣を脱いで入ればいいのに」

「いえ。今日は徹夜のお礼に私がお世話をしますので」

参《まい》ったな……と、髪をかきながら背をむけた若宮に、早瀬は木製の湯桶に溜めたお湯を静かにかけた。引き締まった筋肉の上を透明な湯の雫が落ちていくさまを優しい気持ちで眺めながら、石鹼《せっけん》をつけたスポンジでゆっくりと若宮の肩を撫でた。

「あ、本館には絶対に顔を出さないでくださいよ。食事はすべてこちらに運ばせますので」

早瀬はふいに思いついたように言った。本館には兄も義母も、自分が子供だったころからの使用人も多い。それに、十数年前、養父母にたのまれ、自分が宿泊プラン用の写真のモデルになったチラシなどがいろいろと貼られていたはずだ。

恥ずかしい自分の写真……。それを見たとき、どれほど若宮がおもしろがるか想像がつく。

しかし、そんな早瀬の内心など知るよしもなく、若宮が首をめぐらして言う。

「おれは本館の食堂で食べてもかまわないが」

「だめです。くだらないダジャレを口にされたら、うちの旅館の品格が問われますから」

とっさに早瀬はごまかした。

「あれはもう口にはしないよ。きみを驚かせるために言っただけだから」

「えっ？」

「おれだって年がら年中ふざけているわけじゃない。検察庁の友人が川柳《せんりゅう》やダジャレにはまっていたので彼らのまねをして使ってみたら、思ったよりもきみが反応してくれるから、つい」

つい……。早瀬の眉間に深いしわが寄る。

「では、あれはあなたのオリジナルではなかったのですか」

「いや、オリジナルだが」

湯桶の中味を丸ごと頭からかけてやりたい衝動を感じたが、下手に怒ると、この男が変に勘ぐって本館に行きそうな気がして、早瀬は気持ちを整えた。

「とにかく食事はこちらで食べてくださいね。せっかく運んでくれるんですし」

浴槽の湯を湯桶にすくい直し、早瀬はそっとその背にかけた。

「気持ちいいですか？」

と、問いかけると、ああ、とうつむいたまま、若宮が低い声で答える。

多分、相当照れているのだろう。決してこちらを見ようとしないその様子がおかしくて、早瀬は手のひらで石鹸を泡立てて若宮の首筋をそっと撫でてみた。

ぴくりと若宮が肩を震わせる。

「……早瀬……あの……じかにそういうところを触らなくても」

そうやって困っているのを見ると、益々煽ってやりたくなり、早瀬は口元に意地悪い笑みを浮かべた。

「ついでにマッサージしてあげますから、じっとしていてください」

いつもの冷たい口調で言いながらも、若宮が背をむけているのをいいことに、早瀬は肩をすくめて笑いをこらえ、じっくりとその躰を観察した。

たくましい肩の筋肉や、背中から腰にかけて引き締まった均整の取れた体軀。

こうして間近で見ると、意外なほどしなやかな張りがあり、うっすらと浮きでた肩甲骨《けんこうこつ》や形のいい僧帽筋《そうぼうきん》には大人の男の色香がにじみ出ている。

スーツで身を包んでいるときは、知的で上品な西欧の紳士。

なのに、無防備に晒《さら》されている裸体からは猛々《たけだけ》しい牡《おす》の匂いが漂う。

早瀬は目を細め、そっとそこに手を添えてみた。

手のひらに伝わるなめらかな筋肉の感触や硬い骨の手ざわりがどうにも心地よくて、一瞬、そこにほおをよせてみたい気もしたが、さすがにそれは恥ずかしいのでやめた。

淡い湯気の立った早朝の浴室。浴槽の横に丸く切り取られた格子窓。

その細いすきまから陽がそそいでいる。窓のむこうには、竹に囲まれた小さな庭が広がり、薄くひらいたすきまから、時折、静かな蜩《ひぐらし》の声が聞こえてきた。

細く長い光の線が黒い御影石の上に座る二人を照らす中、若宮の背に湯をかけていく。

黒い御影石の上を流れていく湯が、窓からの光を反射して眩《まぶ》しい。

湯桶を置いたときに響く木の音。静かに流れて落ちていく水音。

二人はさっきから黙ったまま、なにも話していない。

どこまでも静謐《せいひつ》で、おだやかな時間。

昨日まで、自分が人工的な大都会にいたことがうそのように思えてくる。会議のことで焦っていた自分も、酒井のことも、つい昨日のことなのに、何だかもうずっと遠い昔の出来事のようで……。

目を細め、ぼんやりと黒い壁に映る若宮の顔の輪郭《りんかく》を確かめてみる。

表情まではははっきりと見えなくてなにを考えているのか見当がつかない。けれど、そのほうが気楽に思えた。

いつものように照れることもなく、すなおな気持ちで、手が自然と動いていく。

きっと若宮に感謝しているからだろう。この十年、自分は京都に対してマイナスの感情しか持っていなかった。帰省することも家族に会うことも拒んで、ただ、機械的に過ごしてきた。その中で、自分はもしかすると、必要以上に京都のことを嫌っていたのかもしれない。

さっき、養母と兄に会ったとき、意外なほどおだやかな気持ちだった自分に驚いた。

自分がそんな感情になるのを、この男は知っていたのかどうかはわからないが。

だまされた形で帰省したのに腹が立たないのは、平和な気持ちになれたせいだろう。

そう思うと、すなおに若宮になにかしてあげたい、自分のしたことで喜んで欲しい、という気持ちが芽生えてくる。

少しでも疲れを取って欲しくて、このあと、快く眠って欲しくて。

早瀬は石鹼を泡立てた手のひらで、若宮の首筋から肩、背中をゆっくりと揉みほぐしていった。

湯を汲み、早瀬は湯桶を腕に抱きながら、ふと苦笑する。

こんなふうに、他人になにかしたいと思う気持ちが自分に存在するとは――。

それが不思議でしかたないのだが、他人になにかするというのが新鮮で、とても楽しいものに思えていた。

血の繋がった肉親はないに等しく、友達もなく、形だけの家族の中で育ち、他人と関わることを避けてきた。他人からはどちらかというと疎まれ、必要とされることはなかった。評価されてきたのは仕事面だけ。いや、たまにこの母親ゆずりの容姿に惹《ひ》かれ、近づいてくる者がいなかったわけではない。しかし、それは肉欲的な好奇心をいだかれていただけで、自分が本当に好かれていると感じられるものではなかった。

その中で、若宮だけはちがった。この男と関係を持ったのは、躰だけでなく、自分自身を心底求められているような気がして、心が揺さぶられたからだ。

裁判に勝ったら、おれのものになれ。独占したい。一緒に暮らしたい。

そんなふうに言ってくれた人間は他にいなかった。

けれど、それを嬉《うれ》しいと口にするのも気恥ずかしくて、だからせめてこうしてなにかすることで、この気持ちを伝えたくて。そんな感情のまま若宮の背中を流すうちに、床にひざをついた早瀬の足元は湯に濡れていた。

湯気を含んだせいか、湯のしぶきを浴びたせいか、いつのまにか前髪から水滴が滴り落ちている。

つーっと、髪から落ちた雫がほおに流れ落ち、早瀬ははっとしたように湯桶で浴槽の湯をすくった。

陽はすでに高くのぼっている。

最後の湯をかけると、早瀬は湯桶を床に置いて立ちあがった。

「では、私はこれで失礼します」

去ろうとした手首をつかまれる。立ちあがった若宮に抱きすくめられ、濡れた前髪を指先で梳きあげられていく。息を詰めた早瀬に、若宮がおもしろそうに微笑する。

「きみはおれが洗ってやるよ」

そう言って、若宮が湯桶で湯船をすくい、浴衣の上から早瀬の躰にかけていく。肌を伝って、湯に浮かべられていた月橘の小さな花びらが黒い御影石へと流れ落ちていった。

そんな早瀬の首筋に顔をうずめ、若宮がそこに舌を這わせる。とっさに肩をすくめ、早瀬は窓に視線をむけた。

「ここは……私の実家ですよ……こんなことは」

するりと椅子の上に座らされ、床にひざをついた若宮が肩を押さえつける。

「おれはここの客だ。だいたい、あんなことをされて、こっちは拷問《ごうもん》だったんだからな」

恨めしげに言って、若宮が首筋に歯を立てる。それだけで、ぞくりと肌が粟立ちそうになったが、早瀬は冷静に答えた。

「あんなふうに……って、別に変なところはさわっていませんが」

「めずらしくきみが優しくしてくれるから、押し倒したい衝動をこらえて憲法の条文を心の中で読んでいたこっちの身にもなれ」

「おっしゃっていることの意味がわかりませんが」

と、さらりと言った瞬間、下肢の中心をにぎられ、早瀬は息を殺した。一気に躰が熱くなりそうな気配を感じ、身が震える。

「きみのせいだと言っているんだ。おれを生殺しにしやがって」

若宮は浴槽の脇に並べられた石鹸を取り、手のひらで泡立てたあと、そっと早瀬の浴衣を肩口までひらいてそこをぬぐい始めた。

「あの……それくらいのことは自分でできますから」

「おれの楽しみを邪魔するんじゃない。きみだって、散々、おれの躰を弄《いじ》り倒しただろうが」

子供のように呟き、若宮が肩を押さえつける。なめらかな石鹸の泡。手のひらで首筋から鎖骨《さこつ》のあたりをさぐられ、その微妙にやわらかな感触に肌がざわめき始めた。

濡れた浴衣が肌に貼りつき、自分の胸の小さな突起がかすかに麻の布を押しあげるのがわかった。

そのざらついた刺激に、早瀬は気恥ずかしさをおぼえてうつむく。

小さな木の椅子に座り、浴衣のまま足をひらいて、躰を洗われていくこの不思議な行為。

それが無性に恥ずかしい。マンションで何度か一緒に風呂に入ったことはあるし、ベッドでもけっこう大胆な嬌態を見せてきた。元々、たいした貞操《ていそう》観念があるわけでもないし、照れていたのは初めてのときくらいで。なのに、今日はどうしたわけか、羞恥をおぼえて息が震える。

「……っ」

弾力を確かめるようにゆっくりと肌を撫でられ、躰の奥がじんと痺れてくる。格子窓から漏れる朝日がはだけた早瀬の白い肌に濃淡のある横縞《よこじま》の影を落とし、きらきらと水滴を反射していた。

「さすがに京の人間は肌が綺麗だ。ふだんからきみの肌は恐ろしいほど肌理《きめ》が細やかだが、濡れるといっそうなめらかになるんだな」

感慨深げに言われても何と返事をしていいかわからず、口を噤むことしかできない。

「どうしたんだ、羞《は》じらったりして。まだこの程度のことで感じたりはしないだろう？」

あごをつかみ、若宮が顔をのぞきこんできた。その視線が肌に突き刺さる気がして、早瀬は唇をわななかせながら答える。

「ええ……この程度では」

奇妙なほどかすれた声が浴室に響き、それがいっそう羞恥を煽る。ごくりと息を呑み、早瀬は濡れた前髪のすきまから若宮を上目づかいに見あげた。

優しい色をした暖かい双眸――。

このまなざしが恐ろしく鋭いことを自分は知っている。心の奥底をたやすく見透かし、こちらがまだ気づいてもいない感情すら軽々と読んで、暴きだそうとする。

けれど、決してそれは厭《いと》わしいものではない。むしろ……。

瞬きもせず、思い詰めたような視線をむける早瀬に、若宮が淡くほほえんで訊いてくる。

「おれが欲しくなったのか？」

その言葉にかっとほおが熱くなりそうになり、あわててうつむいた。髪から滴る雫が、こめかみを、ほおを、首筋を伝って流れ落ちていくのもかまわず、早瀬は震える声で言う。

「そんなことは……訊かなくてもいいことです」

「まったく、きみはすなおじゃないな」

ふっと鼻先で笑ったかと思うと、若宮が背中から抱き締めてくる。

「あ……っ」

熱い舌先が首筋を撫で、早瀬は息を詰めた。男の唇が熱く肌に絡みつく。首筋から鎖骨の窪《くぼ》み、肩胸へと若宮の唇が落ちると同時に、浴衣が胸元まではだけていった。

すでに硬く尖っていた胸の突起を指でつぶされ、敏感な肌が熱くざわめいていく。

「……っ」

後ろからあごをつかまれ、唇が塞がれる。息苦しさに喘ぐ早瀬の唇を割って若宮の舌が侵入してきた。顔の角度を変えながら唇をついばんで、男の舌が口内をまさぐり、はだけた浴衣の裾から躰の中心に触れてくる。

椅子に座ったまましどけなく足を崩し、後ろから自分を抱き締める男に背中から寄りかかっている自分。その肩にしなだれかかって、はしたなくもひらいたひざの間に男の指を引きこんでいる。

そこを弄《もてあそ》ばれるたびに快感が躰を駆けぬけていく。ぬめった淫猥な音が鼓膜に響き、羞恥を煽られていっそう躰が昂ってしまうのを止められない。

「あ……っ」

自分の声が浴室の壁に反響して鼓膜に返ってくる、その気恥ずかしさ。けれど、それを凌駕《りょうが》するほどの心地よさが早瀬の意識を朦朧とさせていく。

湯気に包まれた浴室の壁が朝日を反射して眩しい。

そのまばゆく暖かい光に吸いこまれていくように、早瀬は若宮の肩に身をあずけていた。


脱衣所に出ると、乾いた風がほおを撫で、夢から醒めたような面持ちで早瀬は浴衣をはおった。

すみずみまで躰を洗われたあと、月橘の花を散らした湯の中で若宮に後ろから抱かれ、ゆったりと小半時ばかり浸《つ》かっていただろうか。骨の芯までほぐれ、心地よい脱力感が躰を支配していた。

「おれは奥の布団で寝ようと思うが、きみも一緒に寝るか？」

浴衣を身に着け、若宮が肩に手をかけてくる。

「いえ、私は車で寝ましたから」

「じゃあ、昼食の時間になったら起こしてくれ」

そう言って、若宮は音を立てて唇にキスしたあと、寝室のふすまを閉めた。

足を崩して縁側に座り、早瀬はぼんやりと閉じられたふすまを見つめた。

時計を見れば、まだ午前九時。あと数時間は若宮も起きてこないだろう。

その間に、必要なものでもそろえておこう、と思った。会社からの帰り道、なにも持たずにやってきたのだから。

早瀬は仲居頭が置いていった漆《うるし》塗りの乱れ箱に手を伸ばした。ふたのない浅い箱には、若宮が先に手配しておいてくれたのだろう、何点かの和服が用意されている。

——あの男も和服を着るつもりなのだろうか。

明らかにサイズがちがうので、どれが自分用のものなのかすぐにわかる。

うっすらと藤袴《ふじばかま》が描かれた黒地の絽《ろ》の着物、薄く優しい溶けてしまいそうな藤色の地に落花流水を描いた涼しげな紗の着物。肌襦袢《じゅばん》はしわにならないよう麻ではなく、すべて絽が用意されていた。

しかも、別の箱に天然パナマ製の夏草履《ぞうり》を準備しているところが心にくい。

積み重ねられた着物の中の一枚、早瀬は灰色がかった桜色の襦袢を手にした。

はおってみると、風呂あがりの火照《ほて》った肌を、薄い絽の襦袢がさらりと撫でる。

ともすれば肌から滑りそうな純絹の襦袢が着崩れしないよう、腰ひもでしっかりと結わえておく。

その上に蟬《せみ》の羽のように透けた素材の、なめらかな黒の絽をまとい、最後に藤色の細帯を締めた。

十年ぶりの和服だが、さすがに子供のころから身につけたものは躰がおぼえているらしい。

自然と衿が崩れないように合わせて、背中の部分にゆとりを持たせた着方をしてしまう自分の動きに、早瀬は苦笑する。記憶というのは不思議なものだ。忘れたつもりでいたが、こんなささいなことも忘れないでいるとは。

——それにしても着物なんか用意して……。

芸が細かいというか何というか。乱れ箱の中には、他にも下着やら寝間着《ねまき》やら足袋《たび》などの旅行に必要なものが完璧《かんぺき》にそろえられていた。自分とちがって、若宮はこういうことに細やかな気を使う。

参ったな。することがなくなってしまった。

苦い笑みを浮かべ、早瀬は風の吹き渡る縁側に横たわった。

朝の涼風が、火照りの冷めきらない肌の上を駆けぬけて心地よい。古い木の香りが漂うなつかしい廊下の匂い。着物に染みこんだ伽羅《きゃら》の匂い。息苦しくなりそうなほど濃い緑の草いきれ。

ひっきりなしに鳴き続けている蜩の声がゆるやかな眠りの世界へと早瀬を誘っていく。けれど、まぶたを閉じると、五感に感じるもろもろのものが早瀬の内側で眠っていた様々な記憶を呼び覚ましてしまう。

また、あの夢の続きを見てしまうのだろうか。と、思ったそのとき。

「義弘……」

小声で名を呼ばれ、早瀬は顔をあげた。見れば、兄の清彦が中庭に佇んでいた。

「お兄さん」

身を起こし、早瀬は衿元を整えた。そのまま草履を履《は》いて縁側から庭へと降りる。

「おひさしぶりです。さきほどはろくにあいさつもできずにすみませんでした」

「あいさつなんてええよ。この間、電話で話したばかりやし」

十年ぶりに見る兄は、八月に合わせてしつらえられた撫子《なでしこ》の花が散った藍色の縮緬《ちりめん》浴衣がその容貌の愛らしさを引き立てている。旅館のフロントを担当している兄は、一重に切れ長の目を持つ早瀬とちがって、客商売にむいたつぶらな奥二重《おくぶたえ》の目をしていた。

ほおまで垂れた長めの黒髪が風に揺れ、ほっそりとした首筋を撫でている。邪気《じゃき》のない清楚な顔立ちが少し柊一に似ているかもしれない。そんなふうに思った。

「旅の疲れは取れた？」

目を細めてほほえむ兄の頭上から朝の光が注いでいる。早瀬は釣られたように微笑した。

「ええ。さきほど、お風呂をいただきましたのでもうすっかり」

「今年も義弘は京都には戻らへんと聞いていたのに、突然、帰ってくるからびっくりしたわ。それにしても、義弘、十年前よりも綺麗になったなぁ」

中庭の池のほとりに佇み、兄がゆったりとした京都弁で、それこそ東京のビジネスマンなら聞いているうちに欠伸《あくび》をしてしまうくらいの口調で話していく。

「帰ってきたといっても、弁護士の先生の助手として戻ってきただけですから。どうしても先生がうちに宿泊したいと言ったので」

いろいろと経緯を説明するのが面倒だったので、若宮のうそに乗ってやることにした。

「離れを貸し切るような弁護士と一緒に働いているなんて、ほんまに出世したんやね」

「そうでもありません。ところで、お父さんは？」

「お父さん、ちょっと今年の暑さにやられはって、今、寝こんではるねん。たいしたことないから、すぐに起きあがれるようになると思うけど」

「そうですか」

うつむき、早瀬は伏し目かげんに視線を竹林へと流した。

離れを囲むように植えられた青竹は風が吹くたびにさわさわと葉ずれの音を立てる。

十数年前の夏――。赤い和ろうそくの焔が笥から落ち、祖母が母の形見の着物を燃やしたその夜まで、この離れの場所には土蔵が建っていた。

「……義弘、どうしたん？」

兄に声をかけられ、早瀬ははっとわれに返った。

「いえ……何でもありません」

「そうそう、若宮というあの弁護士の先生、すっごくええひとやね」

ぽつりと呟かれた兄の言葉に早瀬は小首をかしげる。

「話したことがあるんですか？」

「うん、電話で一度だけ。予約を入れはったとき、同行者が椎茸《しいたけ》と生キャベツが嫌いやから、料理に使わんといて欲しいいて言うてはってん。あとでそれが義弘やと知ってびっくりしたけど」

若宮がそんなことをたのんでいるとは……。いや、若宮らしいといえば、らしい行動だ。

あの男はそうやって誰にでも細やかな気づかいを見せる。会社の社員たち、取引先、関わったすべての人間にいつもいつもこちらが腹が立つほど親切だ。

そんな彼がどうして自分なんかを相手にしているのだろう。それが不思議に思えてくる。

他人から嫌われ、疎まれるような自分を――。

ふと、湧いてきた思いに胸が軋みそうになるのを感じ、早瀬は首を軽く左右に振り、突っぱねるように言った。

「別に……好き嫌いがあることくらい、驚くようなことじゃありませんよ」

「だけど、ぼくは義弘の好き嫌いなんて知らんかったから。うちにいるとき、絶対に自分のこと主張せえへんかったのに、あのひとにそんなことを言うてるなんて」

「家にいるときも嫌いなものは食べていませんでしたよ。それより、お仕事には慣れましたか？」

「うん……まあ」

気まずそうにうなずく兄の眸がかすかに曇っている気がして、早瀬はさぐるような口調で訊く。

「やっぱり、経営がうまくいっていないのですか？」

「うん。それは、何とかなっている。かんにんな、義弘には借金を返すために仕送りしてもらってんのに、いろいろと心配かけて」

木々の間から聞こえてくる蜩の声。朝の涼しげな風にちりんと風鈴が鳴り響き、日除けの簾《すだれ》が風に揺れている。しばらくぼんやりと庭を眺めていると、兄が遠慮がちに言った。

「義弘、明日か明後日《あさって》、少し時間が取れる？　夕方から少しだけでええんやけど」

「別に少しくらいならかまいませんが」

「実は、義弘の実のお祖母《ばあ》さん、ちょっと体調が悪うて……一緒にお見舞いに行って欲しいんや」

そのことだったのか。以前の電話でなにか言おうとしていたことは。

「祖母は私には会いたがらないでしょう」

突き放すように言った早瀬に、清彦は押し黙った。

兄も養父母も、自分が祖母からお金をもらって、東京の大学に進学したことを知っている。そのときに、祖母と本当の意味で縁を切ったことも。

小さくためいきをついたあと、兄は思い詰めたような顔で早瀬の腕をつかんだ。

「義弘、うちの旅館のためでもいいし、お祖母さんに会うてあげて」

「うちの旅館のため？」

「うん。うちの旅館、義弘のお祖母さんにいろいろお世話になったやん。舞妓さん遊びのときの舞妓さんもお祖母さんのところからきてもらってるし、プランの手伝いもしてもらったし。反対に、最近はうちがむこうの借金を返したりもして深いつきあいがあるし、放っておけへんやん」

清彦がぽつぽつと話し始める。濃密な夏の風が吹き渡ったかと思うと、夏の終わりを惜しむように蟬が搾《しぼ》りだすような声で一斉《いっせい》に鳴き始めた。

――お祖母さんに会うてあげて……か。

兄が去ったあと、早瀬は中庭に佇み、うつろなまなざしで池のまわりを囲む竹林を見つめた。

ここは、あの夢の場所だ。

今は青竹の生えたあの一角に、昔は、自分の好きな土蔵があった。

あの夢のように、ここで火事が起こったのは、今日のような蒸し暑いお盆の時期だった。

そう、あれは、確か旅館を経営する養父母が、旅館にきた宿泊客に舞妓の変装を楽しんでもらおうというプランを始め、それを自分が手伝ったことがきっかけで――。

その夜、そのプランのことで、養父母と祖母の間でなにかトラブルがあったらしい。

あれは、母の法事の席から養父母が帰ってきたあとのことだった。

もちろん、自分はその席には招待されていない。

『うちにも息子がいるのに厄介者《やっかいもの》を押しつけておいて、よくもあんなえらそうなことを言えたもんや』

そんなふうに養父母が話をしていたのを何となくおぼえている。

厄介者とは自分のこと――。

敷地の奥にある土蔵へむかったのは、独りになりたかったからだ。

いつもしていたように天窓を開け、朱色の和ろうそくに火を燈した。京笥、緋毛氈、香炉《こうろ》、椿油《つばきあぶら》、緋袢、朱色のろうそく、銅風鈴、京扇子《せんす》……。そこには、様々なものが片づけられていた。

庭先に咲いていた月下美人が花ひらきそうなのに気づき、自分は笥の上にそれを置いて、引きよせられるように緋毛氈に横たわってぼんやりと見ていたのだ。

つんと鼻腔を突く樟脳《しょうのう》の匂いと着物に焚《た》きしめられた伽羅の匂いが混ざり合って、現実世界から遊離するような錯覚をおぼえた。

そのやわらかな肌触り。襦袢を肩にかけ、緋毛氈に横たわる。そうして、そのままうとうとと眠ってしまったように思う。

やがて、焦げくさいにおいに気づき、はっと起きあがったときには、まわりが火に包まれていた。

ろうそくが倒れてしまったのか。深紅に燃える襦袢、扇子、和傘……。

驚いてあたりを見まわした自分は、土蔵の戸口に佇む人影と視線が合い、硬直した。

自分とよく似た面差しの、喪服を着た五十代半ばの婦人——。

『お祖母……さん』

彼女が手にしていたろうそくを見て、誰が火をつけたのかすぐに悟った。

『あんたさえ、生まれてこおへんかったらよかったのに……』

祖母は、胸から一枚の写真を取りだし、火の中に放り投げた。続けて腕にかかえていた金《きん》襴《らん》の着物も……。それは、旅館のプラン用にと自分が舞妓の姿で撮った写真と、母の形見の着物だった。

『写真を見て……娘が生き返ったと思ったのに、あんたやったとは』

そう言って、月下美人の咲く土蔵で、彼女は自分への憎しみをぶつけてきた。

法事の席で、改めて娘を失った哀しみが湧いてきたのだろうか。

祖母はゆっくりと歩みよってきた。自分は醒めた目で彼女に訊いた。

『私に……いなくなって欲しいのですか？』

『いなくなって欲しいんやあらへん。いなかったら、よかったんどす』

いなかったらよかった、厄介者……。自分は誰からも必要とされていないどころか、これほどまでに嫌われている。そう思うと、何だか疲れてきた。自分はこの世に存在してはいけないのだと思い、足元に落ちていた腰ひもをつかんだ。

静かにそれを首に巻いて、ひもの先に祖母の手を導く。

『生まれてこなければよかったと言うくらいなら、さっさとこの世から消してしまえばいいじゃないですか』

突き刺すような声でそう言った。その言葉に挑発されるように、祖母がひもの先を指に絡めてにぎり締めたとき、そうしなければいけないような気がして、早瀬はまぶたを閉じていた。

『顔だけは……琴乃《ことの》にそっくりやのに、信じられへんほどきつい根性の子や』

ゆらゆらと揺れて燃え広がっていく焔に包まれ、首を絞められているうちに、心の中でなにかがかちかちと弾けるような気がした。

そうして、息苦しさの中、聞こえてきたのは、祖母のひと言。

『あんたが生まれたから、琴乃は死ななあかんかったんのえ。恋愛なんかに振りまわされたらあかしまへんのに。身を滅ぼすだけやからと、何回もそう言うて育ててきたのに』

そのとき、美しい緋色の焔が土蔵を焼きつくさまを見ながら、このまま祖母の怨《うら》みをかかえて自分は死んでいくのだと思った。

しかし、意識が遠ざかりかけたそのとき、祖母がはっとわれに返ったようにひもから手を離した。

咳こみながらその場に倒れたとき、目に入ったのは遠くから驚いて駆けつける兄の姿。

あとは、消防車のサイレンと救急車の音、それに大勢の人だかりがあたりを取り囲んでいたのを何となくおぼえている。

記憶が混乱して、あまり細かなことはおぼえていない。ただ、京都府警に囲まれ、事情を訊かれていたときのことははっきりとおぼえている。

『私が火をつけました。首つり自殺をしようと思いましたが、失敗したので』

淡々とした口調でそう語った。

未成年ということ、それまでに問題を起こしたことがないということ、自殺未遂をしようとしていたこと……などの理由から一時的に保護観察処分《ほごかんさつ》になったが、ともすれば放火の罪で少年院に閉じこめられるところだった。

そうして、あとになって自分は祖母を脅《おど》したのだ。

『放火の罪は私が被りました。お祖母さんが私を殺そうとしたことも黙っておきました。ですから、どうか一千万くださいい。それだけあれば、私は東京の大学に進学できますから』

そんなことを言ったように思う。

『子供のくせに恐ろしいおひとどすな。放火犯の汚名を着てまで、東京に行きたいんどすか』

『ええ。私は恐ろしい人間です。あなたの血を引いていますからね』

あのときの自分は、これ以上ないほど冷たい笑みを浮かべていたかもしれない。

祖母を脅して東京に出る……などという行為を、自分が取れることが不思議だった。

そんな勢いがどこから出てきたのか。

怒りだったのだろうか。それとも哀しみだったのか。

いや、それまでずっと凍りついていたものが爆発しただけのことだろうか。それとも、恋愛に命を懸けた両親の、激しくも情熱的な血が自分にも流れていたのか。

ただ、あのときの自分は、まわりを取り巻く家族や親戚のすべてが憎かったのだ。はんなりとして、それでいて絡みつくような京都弁の響き。高下駄、だらりの帯、おしろいや京紅の匂い——そのすべてがただただただ厭わしかった。

その後、東京の国立大学に入り、国費留学生としてアメリカに行き、一流商社に入ったのは、京都を捨てた自分を、必要のない存在として終わらせたくないという意地からだった。

これだけの結果を出したのだから。独りでここまでできたのだから。

もう誰も自分を非難しない。もう邪魔者扱いしない。これ以上、憎まれない。

そんなことへの片意地といえばいいのか。倉橋物産から引き抜きの話がきたときに快諾したのも、孤児《こじ》から自分の力だけでのしあがった社長の姿に自分を投影させていたからだった。

赤々とした焔に包まれた土蔵が燃え盛っている光景が今もはっきりと早瀬の脳裏に刻まれている。

焔に包まれる自分の夢は、あのときのことが甦ったせいだろう。

縁側に座ったまま、早瀬は記憶を反芻《はんすう》していた。

——うちの旅館のため。

さっき、兄がたのんできたのは、祖母の屋形を訪ねて欲しいということだった。

この春、癌《がん》が発見された祖母はすぐにでも手術を受けなければならない。しかし、彼女はこのままゆっくり死んでいくと言って、絶対に入院しないと言い張っているらしい。

娘を死なせてしまった罪悪感が今も彼女を苛《さいな》み、生きる気力を失っている、と。

だから、唯一の血縁である自分に、祖母の説得をして欲しいらしいのだ。

屋形で働く従業員や舞妓たち。彼女と仕事の関わりを持っている多くの祇園の人間が、細い糸にすがるように自分にそれを求めていると知り、早瀬は腹立たしくなった。

『私が今さら会いに行っても、祖母は喜びませんよ』

『そんなことない。屋形に長いこと住んではるおねえさんたちが言うてはったから。お祖母さんが義弘に会いたがっているって。琴乃さんやのうて、ほんまは義弘に会いたいんやって』

『それは皆さんの勝手な想像でしょう』

『……義弘、そんなにお祖母さんが嫌いなん?』

と、訊かれて、どうしていいかわからなくなった。

嫌いなのではない。ただ、嫌われていること、憎まれていることをもう一度知るのがいやだった。

たった一人の肉親からも愛されない自分、疎ましく思われている自分。彼女から、この世にいなければよかったと言われたときから、他人が自分にむける思いが怖いのだ。

この容貌は、写真で見るかぎり母とうり二つなのに、自分と母とではそれがちがう。

祖母から溺愛され、祇園の町で売れっ子だったあの女性とはちがって、自分は誰からも必要とされていない。そんな自分を少なくとも今は、家族が必要としている。

祖母がこのまま亡くなってしまったら、旅館が困る――という理由であったとしても。

――祖母に会いに行くべきなのか、否か。

たとえ、祖母からもう一度憎しみの目をむけられることになっても。

いや、もしかすると、自分への憎しみによって、祖母が生きようと思うかもしれない。

失われた愛情に嘆き続ける彼女の心が、憎しみによって支えられるとは考えられないだろうか。

自分がこれまで東京でやってきたように。

そんなことを考えているうちに、時計は正午を指していた。

若宮を起こす時間だ――。立ちあがり、早瀬は縁側をあとにした。


「若宮さん……そろそろお昼ですけど」

そっとふすまを開けて寝室をのぞくと、白い浴衣を着た若宮がまぶたを閉じて眠っている。

よほど疲れていたのか。うっかり踏んでしまいそうな枕元に眼鏡が置かれている。

「こういうところは意外とずさんですね」

音を立てずに寝室に入った早瀬は、眼鏡を床の間に移動させ、若宮の寝顔を見下ろした。

目鼻立ちの整った彫りの深い端整な風貌。よく見れば野性味があって荒削りに見える顔立ちなのだが、こちらの内心を見透かすような知的な双眸と、なにごとにも動じない態度が、この男の雰囲気を優雅なものに仕立てあげていた。

三十代半ばのゆとりとおちつきと言えばいいのか。若宮がまとっている空気は、自分と同じ二十代の男性にはあまり見受けられないものだ。

ゆっくりと恐る恐る若宮に顔を近づけ、早瀬はそっとその唇に触れようとした。

息を殺して、唇を重ねそうになったそのとき、若宮のまぶたがわずかに揺れる。

「……っ」

反射的に早瀬は若宮から離れた。うっすらと目を開け、若宮が前髪をかきあげる。

まだ完全に眠りから覚めていないのだろう。その若宮の姿に、今の自分の行為がばれていないことを察してほっと内心で息をつく。けれど、心臓は気恥ずかしさに早打ちしていた。

「起こしにきてくれたのか」

若宮が早瀬の腕をつかむ。ぐいと胸に引き寄せられ、早瀬は浅く息を呑んだ。

こめかみに暖かな吐息を感じ、そのまま口づけされるのかとかすかに緊張したが、若宮は寝乱れた前髪をかきあげて訊いてくる。

「今、何時だ?」

「……そろそろ正午ですが」

「いい香りがする。あの白い花か?」

目を細め、若宮は床の間に飾られた白く萎《しぼ》んだ花に視線をむけた。

「あれは月下美人です。夜だけ咲いて、昼間には萎んでしまう儚《はかな》い花ですよ」

「さすがに京都だ。めずらしい花が置いてあるんだな」

「あの花……若宮さんに似ていますね」

ついさっき、口づけを意識した自分の恥ずかしさを隠すようにわざと刺々《とげとげ》しく言った早瀬に、またいつもの嫌味かといった様子で、若宮が肩をすくめてみせる。

「おれは、美人と言われるようなタイプじゃないが」

「咲いている時期が短いという意味で言っただけです」

「どういう意味だ？」

「かっこいい時間が短いってことですよ」

「その言葉はそのまますきみに返すよ。すなおな時間が本当に短い」

そう言って若宮はあたりを見まわした。眼鏡をさがしているのだろうか。

早瀬は若宮から離れ、床の間の眼鏡を手渡した。

「ああ、ありがとう」

半身を起こして眼鏡をかけた若宮は、一瞬、信じられないものでも見るように早瀬を凝《ぎょう》視《し》した。そのまま早瀬の全身を視線で舐めたあと、ふっと口元をゆるませる。

「なにか、変でしょうか？」

自分にむけられる意味深な視線に居心地の悪さを感じ、指先で衿元を整える。すると若宮はゆっくりと首を左右に振ってその肩に手をかけてきた。

「よく似合っている。きみは地味なスーツを着ているよりも、和服のほうが映えるな」

「……典型的な日本人顔をしていますからね」

「典型的といっても、ここまでなまめかしい男をおれは見たことがない。このままきみを喰らい尽くしたい気分だ」

耳元で囁かれ、目を眇める。そのすきに若宮が衿元に手を滑らせてきた。するりと衿元から入りこんできた指先がじかに肌に触れ、早瀬はかすかに躰を震す。

裾が乱れ、あらわになった白い腿を隠そうと早瀬が指先で整えている間に、首筋に若宮の唇が触れて熱い息が吹きかかる。

冗談なのか本気なのか。首筋に軽く歯を立てながら若宮が内腿の間に手を滑らせてくる。

「あの……さっきもお風呂場で……」

早瀬は困惑した顔で、壁にかけられた時計を見た。

「それに……もうじき昼食が運ばれてくるんですけど」

「昼食？」

「たのんでおいたんです。長旅の疲れが取れるように、胃に優しいものを作って欲しいと」

早瀬の言葉に、若宮が肩を落とす。どうやら本気でそのまま行為に及ぶつもりだったらしい。

「ですから、恥ずかしいことを考えるのはやめてください」

早瀬は若宮の肩をとんと叩き、立ちあがってふすまをひらいた。

「さあ、早くこっちにきてください。仲居さんがくる前に着替えを」

乱れ箱から若宮用の着物を腕にかけ、早瀬は畳に正座した。

「……おれの分の着物もあるのか？」

布団の中であぐらをかいたまま、唖然《あぜん》としている若宮に早瀬はこくりとうなずいた。

「ええ。若宮さんが用意して欲しいとたのんだんでしょう」

「申込書に宿泊者二人分のサイズを記入する欄があったから、浴衣用かと思って記しただけだ。きみ用には着物をいろいろリクエストしておいたが、まさかおれの分まで用意されているとはね」

「仲居さんが用意してくれたんですよ。私がお手伝いしますからここに立ってください」

早瀬はトンと手のひらで畳を叩いた。

「きみだけが和服を着ていればいいじゃないか」

「もったいないじゃないですか。あなたの分もここにあるのに。着替えもないことだし」

「ああ、面倒だからなにか買おうと思っていたんだ」

「そういうむだづかいは好きではありません。京都では会社や役所に行く用でもないかぎり、和服で過ごしても奇異な目で見られませんから」

「じゃあ……おれが和服を着たら、きみもずっと和服でいてくれるか？」

「ええ、かまいませんが」

「わかった。そのなまめかしい姿をたっぷりと拝《おが》めるならそれはそれで楽しいものだ」

そう言いながら、若宮は早瀬の全身を凝視した。しばらくじっと見たあと、若宮は乱れ箱から白い襦袢を取りだす。

「できるところまでは自分で着るよ」

若宮はすばやく浴衣を脱いで襦袢をはおった。腰ひもを巻いて結び、一度からげさせて結び目がゆるまないようにうまく交差させていく若宮の手さばきに早瀬は感心する。

「なかなかお上手《じょうず》ですね」

「ああ。これくらいは。帯をたのめるか？」

「はい」

早瀬は象牙《ぞうげ》色の帯をつかんで、するりと若宮の腰に巻いた。

女性の帯と違い、男性は帯留めも帯揚げも帯締めも必要ないので結ぶのは簡単だ。しかしその分、帯一本でうまく結んでおかなければすぐにほどけてしまうので、実はなかなかむずかしい。

「早瀬……少しきついんだが」

息苦しそうに言う若宮に、早瀬は冷ややかに返す。

「がまんしてください。これくらいでちょうどいいんです」

貝《かい》の口《くち》という一般的な角帯《かくおび》の結びを終えると、早瀬は若宮の躰を横にむけ、帯がきちんと前下がりで後ろ上がりの状態に結ばれているか確かめていく。

見あげると、想像以上に、和服が映《は》えていた。洋服よりもこの男の不敵さや喰えない部分が強調されて見え、時代劇に出てくる悪役、歌舞伎《かぶき》でいえば色悪《いろあく》のような風情《ふぜい》が漂う。

長身の体軀に、着物の上からでもそれとわかるスポーツで鍛えたらしいたくましい筋骨。

黒絹の紋付き羽織を着せたら、もっと男があがるだろう。

そんなことを考えながら、早瀬はふと思いだしたように顔をあげた。

「そうだ、どうですか。昼食のあと、よろしかったらお茶でもたててあげますが。京都らしく緋毛氈の上で野点というのも一興でしょう」

そう言って、座卓の下から野点の道具を取りだす。

若宮が楽しく感じてくれることはないか。なにか思いやりをかけることができないか。

そんなことを考えているうちに、少しは京都らしい風情を楽しんでもらおうと思って、さっき、早瀬はこれを用意しておいた。しかし。

若宮がなにやら渋い顔つきで早瀬を見下ろす。

「お抹茶《まっちゃ》……苦手なんですか？」

「あの苦いのは苦手でね」

腕を組み、大仰にためいきをついたあと、若宮が口の端をあげて笑う。

「抹茶を呑むなんて……まっちゃく」

「……まっちゃく？」

早瀬はぴくりとこめかみを引きつらせた。

抹茶……まっちゃく……。しばらく出てこなかったから安心していたが、もしや、これは例の、若宮の得意なアレでは……。

硬直する早瀬に追い討ちをかけるように、若宮は楽しそうに言った。

「抹茶には、やっぱり砂糖が欲しいんでしゅがー」

早瀬は信じられないものでも見るような目で若宮を見あげた。じわじわと躰の奥底から怒りがこみあげてくる。片眉をあげ、自分の反応をおもしろがっているような若宮に、早瀬はむかむかして冷ややかな声で言った。

「やっぱり若宮さんは月下美人ですね。かっこいい時間が短すぎます」

すると、若宮が悪びれもせず、嬉しそうに返してきた。

「かっこいい時間が短くってもおれはかまわないぜ。他人を誉めたことのないきみに、一瞬でもかっこいいと思われるなんて、嬉しいことじゃないか」

早瀬は内心で舌打ちした。何という幸せな男だ。前むきといえば聞こえはいいが、こういうお気楽な思考の男相手に、これ以上、本気で怒るのがバカバカしく思えてきた。

そんなこちらの内心を見透かしてか、指の関節でこつんと早瀬のこめかみをつつき、若宮が今度はなだめるような口調で話しかけてくる。

「もうバカなことは言わないよ。きみがくだらないうそをつくから、ちょっとばかりいやがることを言っただけだよ」

「うそ……ですか？」

ああ、とうなずき、若宮がするりと座布団の下から一枚のチラシを取りだす。

「知っているぞ。さっき、おれに本館に行くなと言った本当の理由はこれだろう？」

座卓の上にチラシを広げられ、早瀬は絶句した。ほおがかっと熱くなるのを止められなかった。

「そ、それは！」

「きみのお兄さんから旅館の資料を送ってもらったときに、中にこれが入っていてね。きみの若いころの写真を見ることができて目の保養になったよ」

真っ赤になったまま、茫然と、早瀬はチラシに写っている写真を見た。

そこにいるのは、十五歳のころの自分。舞妓体験プラン用に、琴乃に酷似《こくじ》した自分にどうしても舞妓の格好をして欲しいと養母にたのまれ、一度だけ写真を撮ったことがあった。

それがあまりにも母と似ていたため、祖母が母が生き返ったと勘ちがいして、養父母を訪ねてきたのだということをあとで知った。それがあの火事の日のこと。

早瀬はうつろなまなざしで写真を見つめた。

緋色の襦袢の上に、紫色の着物を着て、黒い帯を締めて、花かんざしを挿《さ》した自分。売れっ子の舞妓だった母とそっくりな自分がモデルになってくれたら、きっとこのプランが成功するとたのまれ、死ぬほど恥ずかしかったが、了承したのだ。

あのころの自分は、至って自己主張のできない、おとなしい子供だったから――。

「きみがここまで綺麗だったとはね」

しみじみと若宮が眺めていることに気づき、はっとして早瀬は手を伸ばした。すかさずチラシを隠そうとする若宮から先に奪い取り、数回にわけて破ってくしゃくしゃに丸めてゴミ箱に放り投げる。

「なにをするんだ、せっかくの写真を」

「せっかくもなにも、私に恥ずかしい思いをさせないでください。今後、あなたがチラシを持っているのを見たときは、その場で試用期間終了ということでいいですね」

有無を言わさない口調で釘を刺すと、若宮ががっくりと肩を落として押し黙る。

切なそうにゴミ箱を見るその姿に、悪いことをしたかという思いがよぎるが、内心でかぶりを振って自分に言い聞かせる。あんなものを持っていられたほうが困るじゃないか。だいたい、若宮も若宮だ。自分がいやがることを知っていて、わざと出したりして。

明日にでも、兄に、今後は自分の写真を使わないで欲しいとたのもう。それからこの一週間は、チラシをどこかに封印してもらおう。

そんなことを考えると、若宮が気を取り直したように話しかけてきた。

「早瀬、野点は明日の午後にゆっくり楽しむことにして、今日はこのへんを散策しないか」

「――散策？」

「修学旅行で行くようなコースでいいんだ。古都をゆっくりと観光するのもいいだろう」

無邪気な笑みを浮かべ、若宮がそう言ったとき、仲居頭が昼食を持って現れた。


太陽に灼かれたアスファルトの地面に打ち水し、浴衣姿の婦人たちが団扇《うちわ》を片手におしゃべりをしながら日陰で涼んでいる。

「――ほんまに、今日もえろう暑うおすなあ」

どこからともなく風鈴の音が響く十年ぶりの故郷は、昔とあまり変わっていない気がした。

冬はどことなくわびしく、春には霞がかかって見える東山《ひがしやま》の山並も、今の季節はずっと間近に見え、濃い深緑が夏の青空に美しく映えている。

子供のころ、よく通った笛や京舞の教室も昔と変わらず古めかしい看板を軒先から吊るし、紅殻格子《べんがらごうし》の奥から、哀愁《あいしゅう》に満ちた小唄が聞こえてきていた。

鼓膜に溶けこんでくる音になつかしさを感じながら、路地から路地を歩いていく。

「いいだろう、早瀬、たまには情緒のあるところでのんびりと過ごすのも」

「あの……ここは私の地元なんですが」

「ところで、早瀬、あれは何なんだ？」

若宮は親指を立て、民家の軒先に六つ並べて祀《まつ》られた地蔵菩薩《じぞうぼさつ》像を指差した。もうすぐ地蔵盆の時期ということもあって、そこではお地蔵さんが祠《ほこら》から出されている。

「お地蔵さんですよ」

「おれは口紅を塗ったお地蔵さんなんて初めて見るぞ」

「各町内によってちがいますが、京都の北部にはああいうのが多いですね」

「さっきの地蔵仏とこの寺はなにか因縁があるのか？」

次に若宮が指差したのは、祇園の南にある六道珍皇寺《ろくどうちんこうじ》というお寺だった。

「関係ないと思いますけど」

「しかし、さっきの地蔵仏は六体あったし、この寺にも六という数字がついているじゃないか。この六という数字は仏教でいうところの六道を現しているんだろう？」

「ええ。よくご存じですね」

六道とは、人間が生死をくり返す中でその宿業《しゅくごう》によって彷徨う、迷いの世界を差している。地獄道、餓鬼《がき》道、畜生《ちくしょう》道、修羅《しゅら》道、人間道、天道……。

ここで心中を遂げたという母。そのとき、彼女はどの道を彷徨っていたのだろうか。人間でも天でもない。畜生でさえ、我が子を捨てたりはしないのだから地獄道かもしれない。

そう思うと、胸が軋《きし》んだ。ふだんは、そんなことはどうだっていいと思っているが、こうしてその現場付近にくると、さすがに考えずにはいられない。

「なるほど。これのことだったのか」

若宮は「六道の辻」と刻まれた石碑《せきひ》の前に立ち、懐《ふところ》にしまっていたデジタルカメラで街角の写真を撮った。なにか訴訟と関係のある場所なのだろうか。

「なにをしているんですか?」

「先日、国選弁護で接見した被疑者が京都東山の出身者でね。六道参りの話をしていたんだ。お盆になると、毎年、ここにきていた……と。彼女の背景を知って、少しでも役立てればと思って」

そういえば若宮は、年に何度か国選弁護の仕事を引き受けている。

「でも、その裁判って、もう判決が出た放火事件ですよね」

「検察側が控訴《こうそ》してきたんだ。高裁での裁判にそなえて、被告のたどってきた人生の背景を知ってみるのもいいだろう」

控訴とは、第一審の判決が気に入らなかった場合に、上級裁判所にもう一度裁判をやって欲しいと上訴《じょうそ》することをいう。

「検察側は無期懲役《ちょうえき》を求刑したんでしたっけ。……放火は罪が重いんですか」

「一〇八条では、死刑または無期懲役、若《も》しくは五年以上の懲役に処す――というのが条文でさだめられているから、無期懲役を求刑されてもやむを得まい」

「あなたが検察官のときだったらどうしましたか？　やはり控訴しましたか？」

「ああ。控訴して無期懲役を求刑しただろうね。罪は罪、法は法。そこにおれの感情は必要ないんだ。弁護士は弁護する。検察は訴追する。それがおれたちの仕事だ」

必要ない。罪は罪……。

法と正義に生きるこの男らしい、清廉《せいれん》な言葉だ。早瀬は睫毛を伏せた。

「早瀬？」

「何でもありません」

早瀬は笑みを浮かべた。しかし、胸の底に暗雲が広がっていくのを止められない。

土蔵に放火した罪……。もし自分が成人していたら、十二年前のあの事件で、犯罪者として裁判にかけられたのだろうか。

知られたくない、と思った。せめてこの一カ月は自分の醜さを知られずに過ごしたい。

「――それで、次はどこに行きますか？」

「清水寺《きよみずでら》を見て、そのあと、桜が見たいんだが。有名なのがあるだろう、枝垂桜《しだれ》で」

「ええ。でも、今は夏ですよ」

「花は咲いていなくても、木はあるんだろう?」

そうして六道の辻から東山通りを横切って、清水寺へとむかう。清水の大舞台から京の街を眺めたあと、土産物屋《みやげ》でにぎわう産寧坂《さんねいざか》を降りて、二年坂《にねんざか》を下る。

降り注ぐ激しい夏の陽射し。ひっきりなしに聞こえてくる蟬の鳴き声。

濃い軒先の陰を選んで、観光客たちが歩いていく。

空の青さ、深緑の匂い、影の濃さ、湿度……。東京とは空気がまるでちがう。

なつかしい故郷の夏を肌に感じながら、坂本龍馬《さかもとりょうま》や桂小五郎《かつらこごろう》の墓がある護国《ごこく》神社や、豊《とよ》臣秀吉《とみひでよし》の正室の北政所《きたのまんどころ》が余生を過ごした高台寺《こうだいじ》などを、淡々とした口調で若宮に案内していった。

その道中、若宮が何度も土産物屋によって京土産を買おうとするのを、あと一週間もいるのだから、また今度でいいだろうと早瀬は説得し続けていた。

それでも、懲りずに店に入ろうとする若宮にあきれることのくり返し。

修学旅行生のようなことをしている――と、思いながらも、他人とのつき合いを避けて、修学旅行も遠足も行ったことのない自分にはとても新鮮な時間だった。

やがて陽がかたむき、二人の姿は茜《あかね》色の夕日に包まれ始める。観光客の姿が引きかけ、土産物屋が店じまいを始め、早瀬がほっと胸を撫で下ろしたのも束の間――。

「こいよ。めずらしいものがある」

若宮が早瀬の腕を引っぱり、まだ開いている土産物屋の中に入ろうとする。早瀬は後ろからとっさにその袖をつかんだ。

「これ以上、部屋にものを増やすのはやめたらどうですか。さっきから、銅風鈴だの京扇子だのむだなものばかり買おうとしていますけど」

「いいじゃないか。むだなものも生活を潤すアイテムだよ。きみの貧乏性をおれに押しつけるのはやめてくれ」

「あなたの浪費癖だけは移されたくありませんね」

「わかった。じゃあ、生活に必要なものをさがそう。これなんか、どうだ?」

そう言って、小花の描かれた清水焼の湯呑み茶碗を若宮が手に取る。すると、若い女性の店員が近より、若宮に笑顔で話しかけた。

「お客さん、お目が高いわ。それ、有名な絵師さんの新作なんえ」

「そうなんだ。ずいぶん綺麗な色合いをしていると思ったんだが」

「うそうそ。うちのお父さんが色塗りしはった安いお茶碗や」

「値段や作者は関係ないよ。おれは気に入ったものが欲しいだけだから」

「気に入ってくれはったんやったら、小鉢《こばち》やらお皿やらも見せたげましょうか?」

二人はなにやら一気に親しくなった様子で楽しそうに店の奥へと進んでいく。中にいた他の女性店員や女子高生くらいの観光客も混じって、若宮を中心に談笑がはずんでいる。

やれやれと、早瀬は軒先でためいきをついた。

商品の説明や謂われを聞いている若宮をしばらく冷ややかに見ていたが、次第に辟易《へきえき》し、早瀬は店に背をむけた。

「私は先に行きますから」

ぽつりと呟き、土産物屋に背をむける。すると、後ろから若宮が追ってきた。

「待てよ、早瀬」

足を止めて振り返り、早瀬は冷たい笑みを浮かべた。

「先に円山《まるやま》公園に行ってますから、あなたはどうぞ心おきなくごゆっくり」

「おい、どうしたんだ」

と、若宮が近づいてくるが、それを無視して早瀬は公園の方向に歩き始めた。すると。

「早瀬、ちょっと待ってくれ！」

大声で呼び止められ、またなにか買おうとしているのか——とあきれながら振りむくと、若宮が女性の二人連れに写真を撮って欲しいとカメラを渡されていた。

「すみません、お願いできますか」

ああ、とうなずき、若宮がデジタルカメラをあずかる。

また……か。

早瀬は腕を組んで民家の壁にもたれ、苦笑を浮かべた。

清水寺からここまで、これで何人の若い女性が若宮に声をかけているだろう。

さっきの店員といい、この女性たちといい、よほど親しみやすい感じがするのか、誰もが大勢の中から必ず若宮を選んで声をかける。

若宮は見た目もいいし、なにをたのんでもいやな顔ひとつしない。

見るからに暖かい雰囲気がするのだ。だから安心して声をかけられるのだろう。

「和服で古都を散策っていうのも風情があっていいですね」

楽しそうに若宮に話しかけている女性。そんな彼女の話に笑顔で答えている若宮。

自分にむけるものと同じ、暖かくて心が癒《いや》されるような微笑を、若宮は通りすがりの人間にすら見せてあげることができる。

そう、若宮は誰にでも優しい。以前に言っていたことがある。たよられれば断ることができない、必要とされていると思うと、ついついそれに応えようとがんばってしまう……と。

そのとき、なぜか、急速に足元から躰が冷えていく気がした。

だとしたら――。

自分にもそうなのかもしれない。

そんな思いが胸をよぎり、早瀬はうつむいた。夕刻の風に前髪が乱れるのもかまわず、ぼんやりとした目で、地面に刻まれた自分の濃い影を見つめる。

どうしようもないほど不器用な性格だと自覚している。他人から嫌われることを恐れ、冷たい仮面で、もろくて、壊れやすい自分自身を守っている。以前に、若宮は、そんな自分が心配だと言っていた。

――かわいそうに。

あれはいつだったか、自分を見て、若宮が漏らしたことがある。

かわいそうな自分。迷子の子供。目もひらいていない仔猫……。

もしかすると、自分は憐《あわ》れまれているだけなのだろうか――。

ここにいる通りすがりの女性たち。会社で彼に相談する多くの社員たち。

若宮にとっては、自分も彼らと何ら変わらないただの群集Aかもしれない。

ふと、そんなふうに感じた。

彼らとちがうのは、具体的な言葉で自分から若宮に助けを求めてはいないこと。

けれど、本質的な部分は変わらない。

それまで人間的な情のなかった自分が、若宮と知り合ったことによって、人間同士の関わりを教えられ、故郷に戻ってこられ、他人のためになにかがしたいと思うまでになった。

その多くの言葉で、その優しさで、その肌のぬくもりで、少しずつ凍っていた早瀬の心を溶かして。

額に落ちた髪を指ですくいあげ、早瀬は、女性たちと楽しそうに談笑している若宮の姿をじっと見つめた。

ふいに、許せない……という感情が湧いてきた。

どうして、若宮はそんな慈しむようなまなざしで見知らぬ他人を見るのだ。

どうして、そんな温かい声で話をしているのだ。

どうして、その目を、その声を、自分以外のひとに与えるのか――。

好きだ、愛していると言ったくせに。無意識のうちに若宮を責め、ちりちりと焦げつくような痛みが胸に広がるのを感じ、早瀬ははっとしてかぶりを振った。

――なにを考えているのだ、自分は。

汗のにじんだ手のひらをにぎり締め、大きく息を吸って呼吸を整え、若宮を見た。

簡単な観光の話を終えたあと、女性たちが名残惜しげに若宮に誘っている。

「あの……もしよかったら、一緒にお茶でもいかがですか」

「いや、おれにはツレがいるから」

明るく笑って断ると、若宮は彼女たちに別れを告げて戻ってきた。

「待たせたな」

ちらりと横目で一瞥し、早瀬は若宮に背をむけた。

「いいんですよ、彼女たちと遊びに行っても。私は一人で旅館に帰りますから。あなたはどうか好きに楽しんでください」

そう言ってすたすたと歩いていく。自分でも御しがたい感情が渦巻いてとまどいを感じている早瀬に若宮が後ろから声をかけてくる。

「なにを怒っているんだ」

「別に……なにも」

「おかしなやつだな。さっきからなにを不機嫌になっているんだ」

若宮が袂《たもと》に手を入れながらゆっくりと後ろからついてくる。

そうして、ようやく祇園の枝垂桜の前に到着したのは、観光客の姿も引いた夕刻だった。

八坂《やさか》神社の背に広がる円山公園には枝垂桜だけでなく、染井吉野《そめいよしの》なども含めて八百本近い桜の木が植えられている。この時間帯、春になると花見客であふれる公園も、今は人気もなく、二人の歩く草履と下駄の音だけが深閑《しんかん》とした園内に響いていた。

公園の中央に植えられた枝垂桜の巨木は、京都を代表する桜の木として名高い。

縦横無尽に無数の枝が伸び、春の宵、爛漫《らんまん》の桜花が咲く姿を見ていると、あでやかな夢幻《むげん》の世界に引き込まれるような錯覚をおぼえる。

けれど今は夕日のもと、うっそうとした緑の葉が生い茂り、蜩がこだましているだけ。

「きみの旅館の名は、ここの桜から取ったのか？」

西日に目を細めながら、若宮が桜の大木を見上げる。

「いえ、能《のう》の『道成寺《どうじょうじ》』からです」

「能の『道成寺』といえば『安珍清姫《あんちんきよひめ》』の？　物騒《ぶっそう》なところから名前をつけているんだな」

「ええ」

それは平安《へいあん》時代の伝説。最近世界遺産に登録された紀州《きしゅう》・熊野《くまの》路の途中で、日高川《ひだかがわ》の近くの庄屋《しょうや》に一夜の宿を借りた安珍という僧に、そこの家の清姫という娘が恋心をいだく。

旅の僧と清らかな娘の一夜の恋だった。しかし安珍に裏切られた清姫は、それを知ったとたんに大蛇《だいじゃ》となって彼を追い、紀州道成寺の鐘の中に隠れた安珍を恋の業火《ごうか》によって焼き殺し、自分も死んでしまうという哀しい恋のものがたりだ——と、昔、なにかの本で読んだ記憶がある。

「しかし、あの話の舞台は和歌山《わかやま》だろう？　きみの旅館となにか関わりがあるのか？」

「うちの旅館は花街にありますからね。恋に溺《おぼ》れると蛇になってしまう。だから花街の人間は恋や愛に溺れるな……という意味でつけたと聞きました。今は、あの鐘も京都の妙満寺《みょうまんじ》にありますから、京都の旅館が使っても問題ないんじゃないですか」

「恋や愛に溺れるな、か。つまりそれだけ恋に溺れる人間が多いということだな」

「かもしれませんね」

恋や愛の業火……。六道でいうと修羅の世界。

母のことが、ふと脳裏をよぎる。引き裂かれることを恐れ、心中という道を選んだ母と父——。

彼らの間にできた自分や残される家族が、この先どうなるかなど考えもせず、二人は、二人以外の、なにものもいない世界へ激情のままに身を投じたのだろう。そうすれば永遠に一緒にいられる、相手を他の誰かに奪われることもない。そんな想いに衝き動かされて——。

そこまで考えたとき、はたと気づき、早瀬は衿の袷をにぎり締めた。

さっき——。

自分が若宮にとって群集の中の一人かもしれないと思ったときに、急に胸が痛くなった。若宮が誰にでも優しいことがいやだった。自分に示してくれたような、細やかで温かい気配りを自分以外の他人にもむけてしまう若宮に腹が立った。

ほんの少し接触した被疑者のためにその人生の背景まで知ろうとする若宮。見知らぬ人間と明るく打ち解ける若宮……。

そんな彼が許せないと思ったとき、自分の胸から狂おしい火が焰立ち、一気に脳の血管まで灼いてしまいそうな気がして愕然とした。

いったい、この感情は何なのか。どうしてこんな気持ちにならなければならないのか。

そう心裏に問いかけたとき、そんな自分への猛烈な嫌悪感が胸の底から衝きあがってきた。

自分を内側からずたずたにしたい衝動をおぼえたものの、続いてすぐに湧いてきた奇妙な思いに、突然、早瀬の胸は昂り始めた。

——この気持ちは……。

鼓動が早鐘のように鳴り、早瀬は見ひらいて隣《となり》に立つ男を見あげた。

「どうしたんだ、そんな顔をして」

と、目を細め、若宮が淡くほほえむ。夕日を浴びた端整な目元から漂う甘く優しい空気に、今度は鼓動が緩慢に脈打ってくる。

「早瀬……?」

ふいに、若宮の腕の大きさ、煙草の匂い、口づけの感触、体温、胸板の厚さ、そして繋がったときの恍惚感……五感に染みこんだありとあらゆる感覚がそこ彼処から奔流となって甦り、早瀬は息を呑んだ。

そうして、ようやく悟った。自分は若宮が好きなのだ……と。

自分は若宮に恋している。そう自覚した瞬間、肌の奥の細胞がざわめき始めた。

どうしようもないほどの切なさがこみあげ、胸が焦げつくように痛い。

この痛みは、さっき感じた痛みと同じものだ。若宮を許せないと思ったときと、好きだと思ったときの感情――。

それぞれ別の場所から芽生えたはずなのに、同種の痛みとなって鋭く胸に斬りこんでくる。

――そう……だったのか。

若宮から視線を逸らし、早瀬は桜の木を見あげた。夕焼けの強烈な熱気を孕んだ風が公園を吹きぬけ、早瀬の前髪を無造作《むぞうさ》に乱している。

さっき、見知らぬ店員や観光客にさえ、嫉妬《しっと》し、若宮を許せないと思った自分自身。

――鐘にむかって吐く息は、却って猛火《みょうか》となって其の身を焼く。

ふと、『道成寺』の一節が耳の奥にこだました。子供のころ、習った謡《うたい》の一文だった。

恋しさに身を焦がすような激しい妄執や情念は、結局、自分の身をも滅ぼしてしまう。

そう思ったとたん、背筋がぞくりとした。

自分の内側に恋心が……。そして、そんな恐ろしい感情が巣くっていたことに。

身震いをおぼえ、衿元をにぎり締める早瀬に、若宮がもう一度訊いてくる。

「どうしたんだ、なにかあったのか？」

明るく、何の曇りもない笑み。好きだ、と告げてきたときと同じような。さっき、観光客に見せていたものと同じような。

もしかすると、好きだ、と告げたときと同じように、この笑顔で、この男は自分に別れを告げるともかぎらない。そんな想いが胸に湧いてきた。

もしも、そんなことがあったら、自分はどうなるのだろう。あの夏の祖母のように、道成寺の清姫のように、自分の躰にも蛇が住んでしまうのではないだろうか。

いや、すでに自分の心には――。

と、思ったとき、若宮が肩に手をかけてきた。

「早瀬、このあとはどうする？」

こっちの気持ちに気づいているのか気づいていないのか。頭上で問う男に、鼓動が揺れる。

木々をざわめかせる風が早瀬の首筋を駆けぬけていく。

「……そろそろ旅館に帰りましょうか」

早瀬はごまかすような笑みを見せ、己の感情を気取《けど》られまいとわざと乱暴に前髪をかきあげた。

若宮とは反対の方向にかすかに眸を流せば、木の葉から漏れる夕陽が二人の長い影を地面に刻んでいるのが見える。

まぶたを伏せ、早瀬は自分の内側でくすぶる昏い焔を追い払うように、己に言い聞かせた。

こんな思いはいらない。こんな苦しい感情は必要ない。これはきっとなにかの間違いだ。

自分が若宮に恋をし、他ならぬ激しい独占欲に苛まれるなど。

そうだ、間違いに決まっている――と思うのに、かすかに若宮の腕に触れた肩が熱くざわめくのはどうしてだろうか。ほんの少し、着物越しに触れている部分が熱を孕んで、否《いや》が応《おう》でもそこに意識が集中してしまうのは……。

翌日――。
若宮が検察時代の友人に会いに出かけている間、早瀬はぼんやりと旅館の離れで過ごしていた。

祖母のこと。若宮のこと。会社のこと……。

雑多なことで煩悶《はんもん》しているうちに、気がつけば夕刻になっていた。

東京で過ごしているときなら、こんなふうになにもしないで一日を過ごすことなどなかったのに。

夕日が降り注ぐ縁側に足を崩して座り、早瀬はなつかしい横笛にそっと手を伸ばした。

乱れ箱の底にこっそりと置かれていたこの横笛——。

清彦が入れておいてくれたのだろうか。

細長い笛をつかんで、早瀬は唇を近づけた。まぶたを閉じ、息を吹いて音を紡《つむ》いでいく。

清涼感に満ちた笛の音色とは裏腹に、早瀬の心には昨日感じた焦げつくような感情が泥のように重く滞《とどこお》っている。

何とかして早くこの気持ちを止めなければ——と、思う。

あの男と時間を重ねるごとに、躰が触れ合うごとに、この思いが強くなって苦しい。

若宮はクールな自分といると気が楽で、だから好きになったと言ったのに。

こんな自分がクールだなんてとんでもない。

本当の自分は、こんなにもどろどろとした情念を胸の底に渦巻かせている。

東京に戻り、日常生活の中で、この感情が表に出てきたとき、自分はどうすればいいのか。

まぶたを閉じれば、今まで折に触れ、会社で見てきた若宮の姿がコマ送りのフィルム映像のようにくっきりと甦ってくる。

若宮の私室で働く秘書。よく相談にやってくる女性社員。社長室にいる数人の女性秘書たち……。

あの男を放っておく女性は少ないだろう。

通りすがりの人間ですら、嫉妬してしまう自分は、それこそ彼と結婚したいと思う女性が現れたとき、清姫のように蛇になってしまいそうな気がして怖い。

そう思うと、胸のあたりがちりちりと痛んでくる。

認めたくない。けれど、認めなければいけない感情——。

自分は激しく若宮に惹かれている。多分、いつの日か、若宮がいなくなったら生きていけなくなりそうなほどの熱情とともに。

この関係が長く続けば続くほど、いつか失うことが怖くなるだろう。

失ったとき、自分はなにをしてしまうかわからない。そう、十二年前、祖母を脅したように。

胸の奥深くで凍らせていた本当の自分が胸のすきまからにじみ出て、あの夏の日の焔のような熱さで若宮を求めてしまいそうな気がして身震いをおぼえる。

鍵を閉めて胸の奥に閉じこめようとしても、激しい飢餓感のまま自分の思いが飛びだしてしまいそうで怖い。

だから別れなければ。そう、今のうちに。これ以上、好きになる前に――。

何度となく己にそう言い聞かせても、一緒にいられるかぎり触れ合っていたいという思いが、自分の内側でせめぎ合って胸が苦しい。

恋愛なんてしたくなかったのに。

まさか知らないうちにここまで自分が溺れこんでいたとは。

横笛を吹きながら、そんなことを考えていると、背後から身じろぐ音が聞こえた――。

振り返ると、中庭の中央に、めずらしく黒いスーツを着た若宮が佇んでいる。

早瀬はとっさに笛を背中に隠した。

「きみにそんな芸があったなんて意外だな」

靴を脱ぎ、若宮は早瀬の隣に座って笛を手に取った。

「昔、ちょっとやっていただけですよ」

うつむいた早瀬のあごに手をかけ、若宮が顔を覗きこんでくる。

「どうした。なにかあったのか?」

さすがに若宮は鋭い。ちょっとした変化も見のがしてくれない。早瀬は笑みを作った。

「いえ……明日の夕方、兄からちょっと誘われて。どうしたものかと悩んでいるんです」

「兄? ああ、あのかわいいお兄さんか。クールビューティのきみとちがって、お兄さんはおっとりとした暖かい感じがするひとだね。きみの弟と言っても通じるんじゃないか」

「ええ、そうですね」

「ひさしぶりだし、お兄さんと出かけてこいよ。おれはちょっとまとめたい書類があるからね。ここでのんびりと過ごすよ」

上着を脱いで若宮は早瀬を抱きよせ、首筋に顔をうずめてくる。

「伽羅の匂いがする」

唇を塞がれ、早瀬はまぶたを細めて若宮に身をゆだねた。今までのどろどろとしたいやな感情が、こうして抱き締められただけで身も心も救われたような気持ちになる。

この唇に触れるぬくもり。それだけで、この幸福感をのがしたくなくて泣きたくなる。

かすかに触れるすべてのものが自分でも信じられないほど恋しくて切ない。

もっともっともっと、できるなら永遠に触れていたいと思うほどに。

やがて唇が離れると、自分の内心を隠すように早瀬は若宮に背をむけた。

「どうしたんだ、昨日から変だぞ」

後ろから若宮が抱き締め、囁きかけてくる。

「別に……何でもないです」

早瀬は目を閉じたまま、ぽつりと呟いた。ただ腕に包まれているだけなのに、胸が溶けるほどの愛おしさを感じてしまうこの想いをどうとらえればいいのか、ひどく自分をもてあましている。

「風に乱れた前髪が色っぽいな」

若宮はポケットから半月型の柘植《つげ》の櫛《くし》を出し、後ろから早瀬の前髪を梳《くしけず》った。

うつむいた額に洗ったばかりの前髪がはらりと乱れかかる。

しっとりとていねいに髪をかきあげて、また梳いていく若宮を見て早瀬は目を眇めた。

「その櫛……また、そんなものを買ったんですか？」

「そこの角の店で」

無邪気な笑みを浮かべる若宮に、早瀬はやれやれと肩を落とす。

「あきれたひとですね」

「きみを怒らせたくて買ってきたんだ」

そう言って、若宮は櫛を置き、早瀬の肩に手をかけた。

この肩に触れる手……。もっとこの手に身をゆだねていたい。やはり離れたくない。

自分を怒らせることを考えて、変なものを買ってくるところが好きだ。

くだらないダジャレも嫌いではない。なによりも、この一カ月ばかりの間に、まぶたやら唇やら肌やらに染みこんでしまったこの男の体温や肌ざわりが、愛しくてしかたなかった。

味わったことのなかったものを、初めて手に入れたせいなのだろうか。

若宮のぬくもりを知ったことで、これまでの人生がひどく淋しいものだったことに気づいた。

若宮の優しさを知ったことで、本当は自分が愛情に餓えた子供だったことを自覚した。

若宮を好きになったことで、恋しさのあまり血を吐きそうな苦しさや痛みがあることを痛感した。

なにもかも、若宮と出会ったことで知ったことばかりだ。きっと、これから先、若宮はもっともっと自分に多くの感情を知らしめるにちがいない。

だから、これ以上、若宮を好きになりたくない、と思った。

今はいい。京都にいる間は、二人だけで時間を共有することができる。

けれど、東京に戻ったら——。

強い不安がこみあげてきたときだった。肩を抱きながら、若宮が耳元で訊いてくる。

「早瀬、試用期間が終わったらどうする？」

気持ちを見透かされたような気がして、ぴくりと躰が震える。

前髪が乱れ、そのすきまから男を上目づかい見あげた。

「おれの所に引っ越してくるか？　それとも以前のように、週末だけの関係を続けるか？　何でもいい。きみの望むことを言ってくれ」

眼鏡の奥の双眸がさぐるように自分を見ている。早瀬は切なげにその眸を見つめたあと、ゆっくりと視線を落としていった。

望みを言ってどうなるのだろう。自分にだけ優しくして欲しい、自分だけを見つめて欲しい、自分だけを愛して欲しいなんて、そんなわがままを言えるわけがない。

けれど、だからといって、ここで終わりにしようと言うのは淋し過ぎる。

若宮への気持ちに心が支配されきってしまう前に逃げだしたい気持ちと、もう少しだけこの幸せに酔っていたいという気持ちとが胸の中で交錯し、早瀬を煩悶させていた。

——どうしたら、いいんだ。

恋し過ぎて苦しい。幸せ過ぎて胸が痛い。そんな感覚が自分の中にあったことに驚き、そんな自分を暴きだしてしまった若宮という男が愛し過ぎて怖い。

「どうするか……なんて、まだ考えていません」

こわばった唇からは、そんな言葉しか出てこなかった。

「わかった。きみは慎重だからな。返事は急がないよ」

そう言って、若宮の唇が、自分のまぶたを、こめかみを、ほおを、耳を、首筋を、噛み締めるようにたどっていく感覚を、早瀬は息を詰めてじっと感じ取っていく。

躰が触れ合った部分に少しずつ熱が溜まり、そこがしっとりと汗ばんできた。湿気を孕んだ京都の夏の空気が、二人の間に溜まる熱を蒸らしていく。

東京で感じている、空気が澱んだような人工の暑さとはまるで異質な、この京都の暑さ。

夜、会社の帰りに東京の暑さに包まれると、そのあまりの不快さに全身がまわりの空気を拒んで、早くすがすがしい空調の流れている空間に逃げこみたくなる。

けれど、京都の暑さはちがう。昼の間に地面に染みた熱がゆらゆらと地表から揺らぎでて、あたりの深緑やら池やらの匂いを含み、気がつけば肌の奥へと浸透して細胞や血流をその蒸し暑さの中に溶かしてしまいそうな気がするのだ。

背中を抱く若宮の肩に頭をあずけ、早瀬は硬くまぶたを閉じた。

身の内を溶かすような熱に浸って、感情の流れるままに、この男に溶けこんでしまいたい。

そう思ったとき、ふっと、京都での過去も東京での日々もアメリカでの生活もすべてが色《いろ》褪《あ》せて自分の中から消えるような気がした。

意識の底でゆるやかにすべてが透けて見え、生まれた日からずっと、いや、生まれるずっとその前から、若宮と自分だけがこの世界にいるような、そんな錯覚さえおぼえてしまう。

それが本物の現実だったらどれほど幸せだろうか。

この世界に二人しかいなければ、自分はもう刺のあることを若宮に言ったりしない。すなおに好きだと言って、生きているかぎりこの手を離さないのに。

そんな埒もないことを考え、自嘲気味に嗤ったそのとき、若宮が低い声で話しかけてきた。

「……早瀬、お祖母さんの見舞いに行かなくていいのか？」

その言葉に、早瀬の意識は一気に現実に引き戻された。いつもの何の感情も見せない、冷ややかな声で返す。

「あなたは、ご存じだったんですか」

「お兄さんからたのまれてね。何とかきみを説得してくれないかと」

「あなたには関係のないことです」

突き放すように言って、若宮から躰を離す。行くにしろ行かないにしろ、それは自分の事情だ。若宮とは関係のないことだ。これ以上、自分の心に入りこんでこないで欲しい。

「そのとおりだ。また、よけいなお節介をして申しわけない。しかし、一応、たのまれた以上は言っておかないわけにはいかないだろう」

こちらを気づかうような、その優しい物言い。早瀬は必要以上に自分の態度が冷たかったことに自己嫌悪をおぼえた。

「気を使わせてすみませんでした」

こんな自分がひどくもどかしい。どうして、笑顔でありがとうのひと言が言えないのか。

若宮の視線からのがれるように縁側のふちに移動して腰をかけ、早瀬は裸足のまま足を下ろし、うまく伝えられない気持ちをもてあますように草むらに爪先を彷徨わせた。

少し離れた場所に腰を下ろし、若宮がネクタイをゆるめる。その色がやはりスーツと同じように黒であることにようやく気づき、もしかすると、若宮は誰かの法事にでも参加したのかと思った。

検察時代の友人と会うと言っていたが、何の用事だったのだろう。

ちらりと横目で見つめ、少しだけ腰をずらしてそばに近づく。すると、同じように若宮も移動し、また背中から抱き締めてきた。

京都特有の湿度の高い、濃密な夜。一瞬、くっついただけですぐに重なった部分が汗で濡れる。

けれどそれは切なくも嬉しい蒸し暑さだった。たがいの汗が溶け合うことにすら喜んでしまう自分を恥ずかしく思いながら口を噤む早瀬に、若宮はいつになく力のない声で話しかけてきた。

「……早瀬、そのままで、少しおれの告白を聞いてくれないか」

「え、ええ」

「実は、おれは検察時代に自分のせいで親友を死なせてしまったことがあるんだ」

早瀬は驚いたように横目で若宮を見た。若宮の眸はやるせなさそうに庭先を見ている。

「彼は大学の同級生でね。一緒に司法試験に合格し、ともに検察庁に入庁した仲だ。そして、八年が過ぎたころ、彼が思い詰めた顔でおれを訪ねてきたんだ。助けて欲しい……と言って」

そこまで言うと、若宮は大きく息を吸いこんだ。

「罪を犯してしまった、どうしたらいいか——という相談をしてきたんだ。国家官僚絡みのちょっとした事件に巻きこまれてしまったらしい。そのとき、おれは当然のように検察官という立場から責めた。検察官としての正義を語り、彼を追いつめたんだ。翌日、彼は遺書を遺《のこ》し、首を吊ったよ」

早瀬は浅く息を呑んだ。

「あのころのおれは正義と法がすべてだと信じていた。だから、おれは正義と法によって人を切ってしまったんだ」

あまりに若宮が苦しそうにしているので、早瀬は思わず言った。

「でも……それがあなたの仕事じゃないですか」

「そう、それがおれの仕事だ。だけど、おれ自身ではない。彼が求めていたのは、検察官としてのおれではなく、友人としてのおれだったと、あとでわかったんだよ。彼は自分が法で裁かれるべきことがわかっていた。だからこそ、親友のおれに精神的な救いを求めてきたのに、それに気づかず、法という正義によって彼を責め、深く傷つけてしまったんだ。人間が人間を裁けるわけなどないのに」

そういえば、以前、この男は国家官僚の腐敗を暴くのがライフワークだと話していた。それが検察庁を辞めた理由とも。もしかすると、その原因に、その友人のことがあるのかもしれない。

「ずっと後悔していたから、京都に墓参りにきたかったんだ。今年は三回忌にあたる」

「じゃあ、今日、会ったお友達というのは……」

「彼の墓が東本願寺《ひがしほんがんじ》にあってね。法要《ほうよう》には参加しなかったが、遠くから彼の妻子の姿を確かめてきたよ。二人が元気そうにしているのを見てほっとしたが、おれの罪が許されたわけじゃない。今後、毎年、夏には京都にきて、自分の罪を思い返そうと決意している。忘れてはいけないからね。弁護士である前に、自分が一人の人間であることを」

どうしてこの男が誰の相談にも気軽に乗ってやろうとするのか、優しく他人を包みこもうとするのか、わかったような気がした。

この男はそうすることで、己の罪を贖《あがな》っていたのだ。

他人を傷つけたくないし、自分も傷つけたくない――と、夜来香《やらいこう》の咲く庭でこの男が言った言葉。

そのとき、この男にもなにか見えない心の影があることには気づいた。

若宮の、その仄昏《ほのぐら》い陰の部分に、まったく別のものではあるが、やはり心の影を秘めた人間として自分は無意識のうちに惹かれていたのかもしれない。そして、多分、この男も。

自分たちは、他ならぬ、たがいのそういった影や負《ふ》の背景――つまりたがいの業《ごう》を共鳴させ、同性という壁を越えて、こうした関係を持ってしまったのかもしれない。

だからこそ、この男を自分一人が独占してはいけないのだ。

弁護士として生きる若宮の、内側に秘められた信念。他人のために尽くそうとするその思い。

自分の若宮への恋心はそれを破壊してしまいかねない。

それを自覚すると、早瀬は不思議と澄んだ気持ちになれた。

――よかった、若宮の告白を聞くことができて。優しさの裏に隠された、若宮の心の影を教えてもらうことができて。

この胸の思いが激しい焔となって、若宮を灼き、己自身をも灼く前に、自分がどうすることがこの男にとって一番いいことなのか、それに気づいてよかったのかもしれない。

自分とこの男を繋いだ、仄昏い心の影。たがいを共鳴させた負の感情。

そこから解放し、この男を前に送りだすことが今の自分にできること。

早瀬は隣に座る若宮の肩に手をかけ、生まれて初めて、心の底からの優しい笑顔を浮かべた。

「若宮さん、あなたのお友達はもう救われていると思いますよ」

愛しい男を慈しむようにほほえみかける。すると、若宮がかすかに眉間にしわをよせ、すがるように自分を見た。

「あなたが彼を想い、彼と同じような人を増やすまいと努力していることで、あなたの罪は浄《きよ》められていると思います。だから、もう自分を責めないでください」

確信はなかったが、そう口にすることで、自分もまた救われたかった。

芽生えたばかりのこの苦しい恋心からも、そして長い間の、京都や祖母への、自分の中にわだかまる憎しみや怨みといった感情からも。

「ありがとう。きみがそう言ってくれるだけで気持ちが軽くなったよ」

若宮は顔をあげて目を細めてほほえみ、そっとこめかみにキスしてきた。

その首に手をまわし、早瀬は同じように軽く若宮に唇を近づけた。

恋しいと、告げられない想い、いや、告げるわけにはいかない想いの代わりに、若宮に自分から唇を近づけていく。吸いこまれるように唇を塞がれ、舌を絡めて懸命にその存在を確かめる。

目を瞑れば、一緒に過ごした日々が脳裏を駆けめぐっていく。

会社での日々、マンションでの生活、そして京都で過ごしたこの二日間。すぐに照れてしまって、冷たいことや意地悪なことしか言えなかったが、本当はとても幸せで、楽しいひとときだった。

何の気持ちも示せなかった自分に、これ以上ないほど優しく温かい時間をくれたことに、心の底から感謝している。若宮のおかげで初めてひとを愛し、他人を理解する努力が大切だと思い、ずっと帰ることができなかった京都にも帰ってこられた。

だから、自分も踏みだそう。京都を離れて、生きてきた十年が間違いでなかったこと、若宮と会って自分が気づかぬうちに変化していたこと。それを証明するためにも。

まぶたを閉じたまま、早瀬は自分に言い聞かせるように呟いた。

「私も、明日……祖母に会いに行こうと思います」

翌日の夕刻――。昼過ぎから降りだした大粒の雨が、深緑の中庭を濡らしている。

早瀬は旅館から歩いて五分ほどの場所にある祖母の屋形へむかおうと準備をしていた。

朝のうちに、「夕方、会いに行く」と、電話で使用人に連絡を入れておいたので、訪ねていっても祖母は驚かないだろう。離れの玄関で草履を履いていると、後ろから若宮が声をかけてきた。

「気をつけて行ってこいよ。おれはここで待っているから」

振り返り、早瀬はうっすらと笑みを浮かべ、傘を取った。

「夕飯までには戻ります。そのとき、あなたにお話ししたいこともあるので」

「話？」

「ええ。だから待っていてくださいね」

別れて欲しい。祖母に会ったあと、そう告げようと決意していた。

これ以上、たがいがマイナスの部分で惹かれ合うことがないように。

若宮がもっと幸せになり、多くの人達の間で過ごすことができるように。

自分は少し、いや、かなり辛いかもしれないが、そばにいて醜い心で若宮を縛りつけ、追いまわすようなことはしたくはない。

だから、そのために自分も少し前に出たくて、祖母の元にむかう決意をしたのだ。

ところが、離れを出ようと玄関を開けたとき、そこに立つ人影に気づき、早瀬は目を見ひらいた。

藤色の紹を着た凛とした姿の老婦人が大きな荷物をかかえて近づいてきた。

「――お祖母さん」

「うちの屋形は男子禁制おすから、あんたにきてもろては困るんどすわ。第一、縁切りした孫を招いたりしたら、まわりの者に示しがつきまへんやろ。そやし、うちから訪ねてきましたんや」

毅然とした態度で言う祖母は、とても病《やまい》を患《わずら》っているようには見えない。しかし、目元のしわの深さや首筋の細さから、化粧でごまかされていることを悟り、早瀬は離れの居間に彼女を案内した。気を使って出て行こうとする若宮を止め、祖母はそこにいるようにと言った。

「すぐに帰りますさかい、弁護士の先生は何も気ぃつかわんといておくれやす」

きつい口調で言われ、とまどいがちに若宮は縁側にあぐらをかいた。

居間の座卓の前に座り、祖母は胸から白いハンカチを出し、雨に濡れた肩を静かにぬぐったあと、結いあげた髪の襟足を指先で整えた。

早瀬は祖母に茶を出し、むかいに座った。すると、一重の目で早瀬を見つめ、祖母が不遜《ふそん》な笑みを浮かべる。

「義弘、清彦はんやまわりの人間になにを言われたか知りまへんけど、うちは絶対に入院する気はあらしまへんから。よけいな気づかいは無用おす。それだけ言いにきたんどすわ」

突き放すように言う祖母に、早瀬は、ふっと苦い笑みを見せた。どうも、ふだんの自分の姿を見ているようでいたたまれない。

そんな早瀬の態度が気に喰わないのか、祖母はまなじりを吊りあげた。

「あいかわらずかわいげのない子どすな。昔からそうやった。あんたは、ただじっと、その妖《あや》しい目でひとを見るか、唐突に乱暴なことを口にするけったいな子どしたわ」

「乱暴なのはあなたの血でしょう」

さらりと言った早瀬に、祖母が皮肉げに嗤う。

「うちの血、うちの血て言うけど、うちの血を引いてるのは亡くなった琴乃だけおす。どこぞの大学生とできた孫なんて、うちには何も関係あらしまへん。この旅館にもあんたにも何千万と払って縁を切ったんやし、今さら、のこのこと会いに来んといておくれやす」

「その分のお金は、この旅館を通して私もあなたに返しています。この旅館がかかえている借金は、改築前にあなたの保証人になったことから始まったものですし。それに、私があなたに会いに行こうと思ったのは、あなたが病気だと聞いたからです。お願いですから、まわりの人間のためにも入院して治療《ちりょう》してください」

「あんたが気にすることやあらへん。今日、うちがここを訪ねてきたのは、他でもない、あんたに琴乃の遺品を渡そうと思うたからどす」

そう言って、祖母はかかえてきた風呂敷包みを座卓の上に広げた。

中から現れたのは、綸子《りんず》地の緋色の襦袢と、綸子黒地に薄紫色の桜花が舞う着物――お引きずりと言われる普通よりもすその長いものだ。それに青地に金の刺繡《ししゅう》がほどこされただらりの帯……。

いぶかしげに眉をよせ、早瀬は祖母をうかがった。たかが徒歩五分の距離とはいえ、病身の細い腕でよくこれだけのものを持ってきたものだ。

「十数年前、うちが土蔵に火をつけた夜、この着物だけは燃やすことができまへんかった。琴乃が初めて舞妓になったときに着せてやった着物なんえ。手塩にかけて、大切に大切に、それはもうほんまにかわいがって育てた娘がこの着物を着たときはどんなに嬉しかったことか。うちの屋形をしっかり守って、この子に譲ろう、この子のためにがんばろうと思って励みにしてきたんどすわ」

祖母は夢見るような口調で言った。

「けど、うちももう長くないし、この着物を誰か他人に渡すのは忍びなくて、せっかくやし、琴乃の血ぃを引いてるあんたにあげよう思うて持ってきたんどす」

「いえ。これは受けとれません。私は母の顔も知りませんし、女物の着物をいただいてもよけいな荷物が増えて困るだけですから」

淡々とした口調で返した早瀬に、祖母はこめかみを震わせた。

「それよりもあなたがきちんと手術を受けて、どうかこの着物を大切にしてください」

「えらそうなこと、言わんときよし。琴乃の代わりにはなれへんかったくせに」

「私が男子だったからといって憎まれても困ります。あなたの娘を奪った男の血を引く私の存在が許せないならそれはそれでかまいません。けれど、いつまでも喪《うしな》った娘を思って、過去のことを後悔していてもしかたないじゃないですか。あなたの屋形で働く人達、仕事で繋がっている多くの人達、その人達のためにも、生きる努力をすべきじゃないですか」

早瀬は毅然とした口調で言った。すると、おかしそうに祖母が声をあげて嗤う。

「あの、何も感情を口にせえへん義弘がえらいことを言うようになったもんや。そやね、あんたが琴乃の代わりになってくれはると言うんやったら、うちは今日からでも入院しますわ」

「母の代わり？　私に……できることですか？」

「琴乃はほんまにかわいい舞妓さんで、祇園一の京舞の名手おした。もう一度、あの子が舞っている姿が見たいんどす。いくら顔が同じでも、あんたには同じことなんてできしませんどっしゃろ」

早瀬はぎょっと目を見ひらき、着物を見下ろした。これを着て、舞を踊れと言うのか、祖母は。

絶対にできないと睨んで、こんなことを言っているにちがいない。

「私は男ですよ。舞妓になれるわけないでしょう」

「あんたに舞妓になれとは言うてまへん。もう一度、あの子が現れたらええなぁと言うただけどす」

やはり知っていてこちらを困らせているのだ。そう思うと、意地でも抵抗したくなる。

「わかりました。やってみましょう。そんなふうにおっしゃるなら、一度だけこれを着てあげます」

早瀬は襦袢を引きつかんだ。すると、祖母がいぶかしげに眉をよせる。そんな祖母を早瀬はこれ以上ないほど鋭い目で見据えた。

「その代わり、私がこれを着たら、あなたも入院してください。これは取引です」

そう言って、早瀬は祖母の前で着物を脱ぎ、襦袢をはおった。

バカなことをしているのはわかっている。おたがい、バカバカしいのは承知の上だ。

けれど、こうすることで自分は十数年前の怨みを振り払いたかった。

もう一度、あのときから祖母とやり直すことができる気がして。

あの夏、こんなふうに舞妓の着物を着て写真を撮った。祖母はそんな自分の写真を見て、母が甦ったと勘ちがいした。いや、そうであったらと思ったのだろう。しかし、その写真の主が、他ならぬ、母を死なせる原因となった自分だと知り、どうしようもない心の苛立《いらだ》ちをぶつけてきた。

あれ以来、自分と祖母の時間は止まっている。だから――。

緋色の襦袢に腰ひもを結び、男性のものよりもはるかに重い黒地の着物を手にしたそのとき、祖母の眸から大粒の涙がこぼれていることに気づき、早瀬は動きを止めた。

「……お祖母さん」

すっと手の甲で涙をぬぐい、祖母は早瀬の手から着物を奪った。

「もう……よろしおす。それ以上、アホなことをするのはやめときやす。琴乃はそんなアホなことはせん子やった。やっぱりあんたは琴乃とはちがう」

「アホなことって、あなたがさせているんじゃないですか。私だって、死ぬほど恥ずかしい思いをしてやっているんですよ。それもこれも……」

あなたに生きていて欲しいから……と言いかけ、早瀬は口を噤んだ。

このひとは自分を憎んでいる。そんなことを言われても喜びはしない。だからこそ、言葉の代わりに、自分はこんな格好をして祖母を説得しようとしているのだ。

「そうそう、あの子はそんなふうに反発もせえへん、おとなしい性格しておした。あんたみたいな子やったらよかった。それやったら、あの子が陰であんなに激しい恋愛して、隠れて妊娠していたことに気づかへんことなかったのに。知ってたら心中なんて真似はさせへんかった……」

そう言って、祖母が小さく息を吐く。

そのとき、早瀬は優しい気持ちで祖母を見ている自分に気づいた。

祖母に対してこれまで感じていたわだかまりが不思議と消えている。

今の自分は、祖母の気持ちが何となく理解できるような気がしたからだ。

どうして自分を憎んでいたのか。

大切に育てた娘に捨てられた哀しみ。喪った苦しみ。助けることのできなかった自分への自責の気持ち。それをぶつける相手が欲しくて、祖母は唯一の肉親である自分を憎むことで、心の苦痛からのがれたかったにちがいない。

ゆるやかではあるが、こうして会ったことで、早瀬は、止まっていた祖母と自分の時間が動きだしたように感じた。


その日――。それ以上のことは、祖母となにも話さなかった。

しかし、これから入院するとだけ約束させて、早瀬は養父母に祖母を託した。

「病気が治ったときにでも、あんたに謝ることにするわ。十二年前にしたことを」

気の強い祖母らしい言葉を残して。あまりうまく話ができたとは思わないが、それでもとりあえず入院してくれることになって早瀬はほっと胸を撫で下ろした。

短い時間だったように思うが、すでに日は沈み、あたりは闇に包まれている。

雨はいつしか小降りになっていた。

玄関で祖母を見送ったあと、居間に戻った早瀬はようやくはっと気づき、硬直した顔で縁側を見つめた。縁側に腰を下ろし、若宮が煙草を口に銜《くわ》えている。

「若宮さん……そこにいたんですか」

「きみにそっくりなお祖母さんだな。気の強さ、往生際の悪さ、強引さ、はちゃめちゃさ……見ていてすごく楽しかったよ」

「一緒にしないでください。私はもう少しマシです」

気恥ずかしさをごまかすように若宮の隣に正座し、早瀬は乱暴に髪をかきあげた。すとんと袖が二の腕まで落ち、若宮がほおを歪めて笑う。

「そんな色っぽい格好で動くんじゃない。襲ってくれと言っているようなものだぞ」

「そうですね。男がこんな格好をしていたら、変質者のようですから」

そう言って、立ちあがろうとした早瀬の肩を若宮が押さえる。

「いや、せっかくだしもう少し目の保養をさせろ。赤い襦袢を着たきみなんて、もう二度と見ることができないだろう」

片眉をあげて笑う若宮に、早瀬は苦笑いを浮かべた。

もう二度と……。別の意味ではあるが、別れると決意した自分も、もう二度とこんなふうに若宮と時間を過ごすことはないのだと実感し、胸が軋んだ。

自分ももう少しそばにいたい。こんな格好でも、楽しんでくれるのなら好きなだけ見せようと思った。これを最後に、自分は若宮から離れるのだから。

自分の中で、祖母への憎しみが消えたのは、この男のおかげ以外のなにものでもない。

純粋に彼女を助けたいと思って、自分でも信じられないほどの勢いで、舞妓の格好までしようとした。そんな気持ちになったのは、この男が自分に多くの感情を教えてくれたから。

誰かのためになにかしたいと思う気持ち。人を愛しいと思う気持ち。触れ合うことの喜び――。

けれど、それと同時に、この男はよけいなものまで教えてくれたわけだが。

早瀬は徐々に視線を落としていった。

ひとを愛しいと思う気持ち。と、同時に存在する、この焦げつくような思い。

時間を重ねるごとに、この気持ちは大きく育つはずだ。今は、まだ小さな火種でも、いつか猛火となって若宮を灼きかねないだろう。

早瀬は覚悟を決め、大きく息を吸って言った。

「……若宮さん、もうこれで終わりにしませんか？」

庭先に視線を彷徨わせ、早瀬は宵の風に揺れる前髪を指ですくいあげた。

「やはりどうしてもあなたを好きになれないんです。なのに、関係を続けることはできません。祖母とも和解できそうですし、もうこれ以上、あなたに甘える必要もないでしょう」

自分の口からすらすらとうそが出てくる。

隣で若宮がためいきをつくのがわかった。けれど、早瀬はその顔を正視することができない。一瞬でも、その眸を見たが最期、せっかくの決意が砕けそうで怖かったからだ。

ほんの刹那、沈黙が流れたあと、若宮はぽんと早瀬の肩を叩いた。

「きみがおれに甘えていたとは思えないが、そうしたいなら止めはしないよ」

おだやかな声で言う若宮に、横顔をむけたまま、早瀬はこくりとうなずいた。

「じゃあ、試用期間、いや、おれとのつき合いはこれで終了ということで、いいな」

若宮は胸から財布をだして早瀬の帯に数万円をはさむと、すっと立ちあがった。

えっ……と、驚いて顔をあげた早瀬に、若宮が淡くほほえむ。

なにかを洗い流したような澄みきった笑みに、早瀬がかすかに眉をひそめた次の瞬間、若宮はその表情とは裏腹に、乾いた声で言った。

「おれは今から東京に帰るよ。きみはここで好きに過ごしてくれ。それは帰りのチケット代だ」

感情を押し殺したような静かな声。けれど、その奥底に、胸が痛くなるようなやるせない響きを感じ、早瀬は、今、自分がなにをしてしまったかを瞬時に悟った。

傷つけてしまったのだ、このひとを——。

これまで何度となく優しい言葉でこちらの心を溶かそうとした若宮が、今はひと言も自分を説得しようとしない。何の説明も求めず、さらりと別れに応じてくれた。

若宮は、強い男だ。それに優しいからこちらの気持ちを尊重して……。

「東京に戻ったら連絡をくれ。うちに置いてあるきみの荷物をマンションまで届けにいくから」

「……わかりました。いろいろありがとうございました」

そう口にしている自分が、自分でもなにをしているのかよくわかっていなかった。

何の表情もなく縁側に座り続ける早瀬に、若宮が明るい笑みを見せる。

「じゃあ、おれは荷物をまとめてくる」

ぽんと早瀬の肩を叩き、若宮が続き間になった寝室へとむかう。

縁側に座りこんだまま、早瀬は茫然としていた。石灯籠《いしどうろう》の灯った中庭を仄かに甘い香りが駆けぬけていく。夜になって咲いた月下美人の白い花が月に照らされて大輪の花を咲かせている。

純白な月下美人が少しずつぼやけて見えた。あの花が燃えている夢を見たころがなつかしい。

いやな夢だったが、目が覚めると若宮が横にいて、それだけでとても安らかな気持ちになった。

「——今から帰るよ。最後に月下美人を眺めていくから」

早瀬の横をよぎって、荷物を持った若宮が縁側から中庭へと出る。

砂利《じゃり》を踏み締め、遠ざかっていく足音。月下美人の濃密な香りを運んでくる風はまだ昼間の暑さを含んでいるというのに、なぜか早瀬は肌寒く感じていた。

もうこれで終わり。また以前のように独りになるだけのことなのに、胸の奥が冷たく凍っていくような気がするのはどうしてだろう。

それは、誰からも必要とされていないと思った夜、あの火事のときに感じたものよりもずっと冷たい痛みだった。

これは自分で選んだこと。若宮を縛りつけたくなくて自らが下した決断だ。

それなのに、どうしてこんな気持ちになるのか。淋しくて、哀しくて、虚しくて、躰が凍りつきそうで、身が引き裂かれたようにあちこちが軋んで、まなじりから熱いものが次から次へと流れ落ちていく。

若宮の腕がもう自分を抱き締めない。若宮の唇がもう自分を慈しんではくれない。

そう思っただけで、こみあげてくる嗚咽《おえつ》を止めることができない。

「……っ」

あれほどまでに感情のなかった自分が、無防備にぼろぼろと涙でほおを濡らし、去っていく若宮の後ろ姿を見つめている。ぼんやりとした視界の中で、少しずつ若宮の後ろ姿が遠ざかっていく。

別れたほうがいいと思ったから。別れたほうが若宮が幸せになれる——と思ったから。

いや、ちがう。

ただ怖かったのだ。また誰かに捨てられるのが。また誰かに嫌われるのが。

いつの日か、自分の醜さに若宮が気づいて、優しかった眸が嫌悪の色に変わるのが怖かった。

それならば、いっそ愛されているうちに別れたほうが、自分が傷つかなくてすむ。

突然、失ってしまうよりは、自ら手を離してしまったほうがずっと楽に思えたから。

養父母から厄介者と言われ、何の期待もしていなかったのにひどく淋しくなった。

何の触れ合いもなかった祖母に疎まれていると知って哀しかった。

理不尽な行為だと思いながら、酒井に嫌われていることも辛かった。

だから、これ以上傷つきたくはないのだ。あまりにも若宮が好き過ぎて、恋し過ぎて。

その結果、若宮を傷つけてしまった——。

『こんなに愛しているのに』

こんな自分にそう言ってくれた、たった一人のひとなのに。

そんなかけがえのないひとに、傷と痛みを与えてしまったのだ……。

それがどれほど辛くて淋しいことか、自分が一番よくわかっていたのに。

そう思った瞬間、早瀬はいてもたってもいられなくなった。

なにかに憑《つ》かれたように、庭に降りて若宮を追う。自分が裸足だということ、緋色の襦袢しか着ていないあられもない格好だということも忘れて。

傷ついてもいい。正気を失うようなことになってもいい。

若宮が嫌いになったときに捨ててくれればいい。けれど、彼が自分を少しでも愛しいと思ってくれている間は、せめてその思いに応えたい。彼がそれで喜んでくれるのなら――。

「待ってください、若宮さん！」

池のほとりを歩いていた若宮が足を止める。

「私を捨てないでください！」

その背中にむかって叫んでいた。若宮が振り返る。

「ごめん……なさい」

若宮に駆けより、早瀬はその襟をつかんでそこにすがるように顔をうずめた。

置いて行かないで。ここにいて。独りにしないで。いやになるまででいいから、そばにいて。たくさん言いたいことがあったが、喉の奥から嗚咽がこみあげてきてなにも言えない。

早瀬の背に手をまわし、若宮が顔を覗きこんでくる。

しかし、早瀬はうつむいたまま、唇を噛み締めることしかできない。

「いったい、なにが哀しくて泣いたんだ」

早瀬のまなじりを指の関節でぬぐい、若宮が話しかけてくる。

首を左右に振り、早瀬は懸命に喉から衝きあがる衝動に耐えた。何度もしゃくりあげたあと、口から出てきた言葉は自分でも想像もしなかったものだった。

「若宮さん……もう少し……私を愛してくれませんか」

涙に濡れた顔でじっとその顔を見あげ、押し殺した声で懇願する。早瀬から手を離し、若宮が切なげに目を細めた。しばらく早瀬を見つめたあと、若宮はふっと口元に微笑を浮かべる。

「別れてくれと言ったのはきみじゃないのか」

早瀬は力がぬけたように若宮から手を離した。そう、自分から別れて欲しいと言ったのだ。なのに、舌の根も乾かないうちに捨てないでくれとすがりついている。

何て惨めなことをしているのかと思う。何て、プライドのないことを。

やっていることがめちゃくちゃだと思う。だけど——。

「……私も幸せになりたいんです」

頭上で若宮が重いためいきを吐く。

「きみはどれだけおれを振りまわせば気がすむんだ。おれはきみの上司で、きみよりも七歳も年上なんだ。振られたのなら、かっこよく別れてやるしかないだろう。そう思って別れようと思ったのに、何で今ごろになってそんなことを言うんだ」

責めるように言われ、早瀬は潤んだ目でうらめしげに若宮を見あげた。すると、若宮がな

にかを決意したようにまぶたを閉じ、胸から金色のバッジをはずして早瀬の手のひらに押しこんできた。

——これは、弁護士バッジ……。

驚いて顔をあげると、若宮が淡くほほえんでいた。いつもの、ひとを包むような優しい目で。

「きみがなにを恐れているか知っている。なにを望んでいるかも気づいている。命が欲しいというなら殺されてやってもいいが、とりあえず代わりにそれをやるよ」

「だって……これは……法廷に立てなくなります」

「それがなくてもおれは変わらないよ。法廷に立てなくても、やれることはたくさんあるだろう」

「でも」

「わからないのか。それを捨ててもいいと思うほど、おれはきみが好きなんだ」

早瀬は弁護士バッジをにぎり締め、吸いこまれるように若宮を見あげた。

「だめです。これをあなたに捨てさせたら、私は一生後悔しますから」

バッジを返し、早瀬はあとずさった。すかさず若宮が肩をつかんで胸へと抱きよせ、もう一度、手のひらに押しこんでくる。

ふわりと温かい腕に包みこまれ、早瀬は前髪のすきまから若宮を見あげた。

「きみを幸せにできないのなら、おれはこれを持っている意味がないんだ。世界で一番大切な人間を幸せにできなくて、他の人間を助けることなんてできないだろう。きみがおれといて幸せだと感じたときに、これを返してくれればいい」

深みのある暖かい声で告げられた言葉に、早瀬はふるふると首を左右に振る。

「いけません。私にはそんな資格はありません」

そう、自分が傷つきたくなくて、若宮を傷つけた。そんな自分なんかに。

「早瀬、おれは初めてきみを会社で見かけたとき、あまりにも淋しそうな顔をしていたのが忘れられなかったんだ。本人が意識していないのがよけいに切なくて」

「そんな顔をしていたおぼえは……ありませんが」

「本当に淋しい人間は、それを隠すために淋しい顔は見せない。いつも作った仮面の下で、きみの目がおれを呼んでいるような気がしたんだ」

早瀬の前髪を指でかきわけ、若宮はそこに唇を落とした。視線をずらし、震える声で言う。

「呼んだおぼえはありません」

「最初は、そうだった。きみはどこかにいる誰かを探していたからね。それがおれかもしれないと意識したときから、きみの目はずっとおれを追っていたじゃないか」

「うぬぼれないでください。私は少なくとも会社では、私的な顔を見せたことはありません」

「しかし、そう言われても困るんだ。おれはスーツに身を固め、仕事をばりばりとこなすきみを好きになったわけじゃないから」

早瀬は息を震わせた。

「おれには、行き場を失った迷子の子供のまま泣いているきみしか見えなかった。孤独な心を隠して強がっているきみを好きになったわけだし、そんなきみの純粋さは、おれには眩しかったよ。検事や弁護士をやっていると、正直、人間社会のあまりの醜さに疲れるときがあるからね」

「私はそんな純粋な人間ではありません」

「純粋じゃないか。清姫のようにおれを焼き殺しそうな自分が怖くなって逃げようとしたくせに」

やはり気づいていた。この男は手に取るようにこちらの心に気づいてしまうのだ。

もう隠す必要はない。傷つくことを恐れることはないのだ。

そう思った瞬間、なにか憑きものが落ちたように心が軽くなる気がした。

「それなら、あなたはなにもかも覚悟した上で、私を愛してくれるんですか」

「ああ。でなければ、誰がわざわざきみを選んだりするか。これでも、会社ではけっこうもてるんだぜ。そんなおれが、どうしてきみを好きになったのか。きみの持っている、その昏い情念に一緒に灼かれてみたいと思ったからだろ」

そう言われると、もうなにも反論ができない。

「だから、早瀬、きみもさっさとおれを好きだって認めろよ」

あまりに自信たっぷりに言われ、早瀬は思わず首を左右に振った。

「誰が！　あなたなんてうっとおしいだけです。誰にでも優しいくせに」

叫んだ瞬間、ふいに躰が持ちあげられる。ふわりと宙に浮いたかと思うと、若宮の肩に担がれ、離れの畳に投げだされる。

「なにをす……っ」

驚いて目を見ひらいた早瀬の腰から、若宮が一本だけ素早く腰ひもを抜き取る。

「きみは一度こういう目にあったほうがいいかもしれないな」

すかさず若宮に手を取られ、二つ重ねにねじりあげられ、早瀬は男を睨みつけた。

頭上で手首を縛られて身動きが取れない。若宮の弁護士バッジをにぎり締めたまま、早瀬は身をよじってのがれようとするが、徒労《とろう》でしかなかった。

「やめてください……こんなことをするのは」

「もうだまされないぞ。本当は肌の触れ合いが欲しいくせに。おれに縛られたかったくせに」

「冗談はやめてくださ……っ」

はっとして、反論しようとする早瀬のあごをつかみ、若宮が唇を塞ぐ。大きな手のひらにほおを包みこまれ、唇についばまれていく。激しく口腔を貪られ、息もできない。

暴れて乱れた裾に若宮の手が忍びこみ、とっさにのがれようとした躰に若宮がのしかかってくる。

さっと裾がからげられ、抵抗する早瀬の白い足が夜目にもあざやかに浮かぶ。

「今夜は、きみがとことんすなおになるまで責めてやるからな」

腰ひもの先を柱に縛りつけ、若宮は冷然とした顔で早瀬を見下ろしてきた。その眸に閃《きらめ》く獰猛な色に、早瀬の背筋に知らず戦慄《せんりつ》が走る。

「早瀬、言っておくが、おれは確かに誰にでも優しい。しかし、おれがとことん泣かせて、苛めたいと思っているのはきみだけだ。おぼえておいてくれ」

「若宮……さん」

「優しくされれば逃げるような男を縛りつけておくには、苛めるしかないだろう?」

そう言って、若宮は再び早瀬の唇を狂おしそうに食んできた。

「……っ」

やわらかく唇を摺りよせ、やがて溶け合わせるように甘く強く唇を押しつけてくる。その圧迫感に早瀬は心地よさをおぼえた。

魂《たましい》が浮いたような恍惚とした感覚が、唇から早瀬の全身へと広がっていく。

うっすらとひらいた視界に、床の間に咲く月下美人の白い花が一輪だけぼんやりと見える。

夜が深まれば深まるほど強くなる芳香が二人の躰を包みこんで息苦しい。

「ん……んっ」

唇に染みこんでくるこの熱が愛しい。溶けこんでくる吐息がもっともっと欲しい。

存分に唇を味わったあと、男の熱い唇が首筋へと移行していく。そっと優しく触れていた唇がやわらかくそこを咬み、肌を吸う、その甘い痛みに身震いをおぼえる。

貪るように胸の突起を甘く責められ、躰をくねらせたはずみで衿元が乱れ、片肌がはだける。

顔をそむけたが、視界に雪のように白い自身の肌が映り、そこに刻まれた若宮の口づけのあとに早瀬は羞恥を感じた。

ほおが熱くなった瞬間、若宮の手のひらがぐいとひざを大きくひらく。大気が触れたとたん、すでに形を変えていたそこから熱い雫がにじみ出る。ふっと若宮がほおを歪めて笑う。

「きみの躰は、いつも正直だな」

とろとろと流れだす生温かな蜜《みつ》が肌を流れ落ち、緋毛氈に滴り落ちていくさまが若宮の視界に晒されている。その恥ずかしさ。けれど、肌が粟立つのが止められない。

ゆっくりと指先に滴る雫を絡めたあと、若宮はそこに顔を近づけていった。

「だ……め……若……っ」

足の付け根に男の吐息が吹きかかり、そのかすかな刺激にさえ、腰が震える。思わず早瀬は身を硬直させた。けれど、その反動で手首に痛みが走る。

はしたなくも潤んだ先端に男の舌先が触れ、甘く奇妙な感覚がそこから熾《おき》火《び》のように逆巻いて脳まで突きあがっていく。

「あ……は……ああっ」

早瀬は自分でも驚くほどなまめいた喘ぎをこぼしていた。生温かな舌が絡みつくようになぞられ、そこから火花が走る。熱い滴りを舌ですくい取られ、甘い痺れが背筋を駆けあがっていく。

やがて温かな口内に含まれ、甘咬みされた刺激に、早瀬は腰をはずませた。

「あ……っ！」

「そろそろ我慢ができないんじゃないか」

動きを止め、若宮が意地悪く訊いてくる。ふるふると早瀬は首を横に振った。

「まさ……か」

と、口にした瞬間、今度はきつく吸われ、早瀬は背をのけぞらせた。

「あ……ああっ」

ひじでひざを広げられ、濡れた指に奥の狭間《はざま》をさぐられる。窄まりを広げられ、内部へわけいってきた指が内側の粘膜を刺激していく。

ゆっくりと丹念に、しかし肝心のところには決して触れない、ひどく焦らすような指の動きに、早瀬の腰はあられもなく身悶える。

「ん……や……もうっ」

抵抗しようにも身動きが取れず、躰をこわばらせるたびに自分の内部が若宮の指を締めつけてしまうのがわかる。内壁を嬲る淫らな音にいっそう羞恥が煽られ、躰が熱く疼いてどうしようもない。

汗ばんだ額に髪が貼りつき、身をよじらせるたびに着物がはだけ、内腿が痙攣した。

「若宮……さん……お願い……もうっ」

上体をくねらせ、すがるような声で哀願する。頭上で縛られた手が苦しい。なにかにすがりつきたいのに腰ひもが手首に喰いこんで、身をよじることしかできない。

なのに少しでも動けば腰が浮きあがって、淫らにひくついている秘部をいっそう若宮に晒してしまう。

その動きにうながされるように若宮がさらに腿をひらいて、そこに乾いた息を吹きかけた。

浅ましく濡れていた部分が急に冷える。自分がどれほど淫蕩な状態になっているのか、はっきりと知覚して早瀬は首を左右に振ってその羞恥に耐えた。

「早瀬、解放されたいのなら、きみが一番望んでいることを口にしてくれ」

「ひもを……ほどいて欲しい……です」

早瀬は震える声で呟いた。すると、内部を嬲る若宮が指をさらに奥へと抉りこませる。

感じやすい粘膜に強い刺激が走り、早瀬は思わず上ずった声をあげた。

「あ……あ……っ」

「本当はもっと別のものを望んでいるくせに」

そう言って、若宮が今度は先端に舌を絡ませる。夜の中に漂う花の香が鼻腔を突いていっそう息苦しい。耐えきれない快感に腰は小刻みに痙攣し、与えられる快楽に激しく躰をよじる。

「早瀬、だから正直に言ってしまえよ」

と訊かれ、首を左右に振りながらも、つきあがる快感に殺しきれない喘ぎがもれる。肌が上気し、躰をしならせるたびに畳に敷かれた緋毛氈の上を、足袋を履いた踵《かかと》が滑っていく。

「あぁ……あ……だから……ひもをっ」

「言いたくなければ言わなくてもいい。おれはこの上なくなまめかしいきみをたっぷりと眺めることができて楽しいからね」

半身を起こし、若宮が目を眇めて早瀬を見下ろす。

一本の帯だけでかろうじてとどめられた襦袢はしどけなく乱れている。手を縛られた無備な姿のまま、若宮の意地悪い視線を浴びているだけで、早瀬の頭の芯は熱くなってきた。

「早瀬、あの花のように一夜だけでいい。いいかげん、自分を晒けだしてくれ」

若宮が再び早瀬の中心を口に含む。くすぐるようにやわらかに与えられる刺激が甘く心地よい。ひざをひろげられ、湿った音をたてて男の指に内部を激しく弄ばれていく。

もうこれ以上、がまんできない。吐きだしそうになる感覚をおさえることはできない。

「早瀬。楽にしてやるって言ってるんだよ。さっさと甘い声でお願いしてみろよ」

「そ……んな……」

なにを言われているのか冷静に考える余裕はなかった。ただあとわずかのところで止められ、行き場のないやるせなさに全身がわなないている。

つらい。このままの状態でいるのが。芯から痺れるような感覚に脳まで溶けそうになっている。

「……あなたが……好き」

早瀬はかすれた声で呟いた。しかし無慈悲にも男の指が力を加える。

「聞こえない」

すんでのところで欲望を押さえられ、たまらず早瀬のまなじりから涙が伝い落ちていく。

感じやすい部分を歯で甘く咬まれ、蜜の滴った先端を舌先で弄ばれ、躰の奥が蕩けそうなほど熱くなっていく。疼きからのがれるように腰をよじらせ、電流が走るような痺れに早瀬は緋毛氈の上で首を左右に振ることしかできない。

「あっ……はあ……あなたが……好きです」

「それはわかっている。それでなにを望んでいるんだ？」

早瀬は潤んだ目で男を見あげた。

「私を……縛り続けてください」

「いつまで？」

「……一生、放さないで」

「ああ。そのつもりだよ」

ふいにいつもの優しい声で呟き、若宮は早瀬の拘束を解いた。手首が自由になったその瞬間、早瀬は自由になった手で思わず男の肩にすがりついた。

「ん……あ……ああっ」

熱い奔流が背中を駆けぬけ、若宮の手のひらに欲望を吐きだす。ようやく躰が満たされた解放感と、抑制され続けた疲労感に、知らず早瀬のまなじりから涙がこぼれ落ちてきた。

「……あ……っ」

温かな涙がこめかみを伝うのを感じ、早瀬は両手でまぶたを押さえた。しどけなくひざをひらき、肩や胸をはだかれ、欲望を吐きだしたままの下肢を晒した姿で横たわっている。

それに羞恥をおぼえるよりも、ただ悔しくて涙がとめどなくあふれてくる。

悔しくて恥ずかしい。こんなにも、もろくて弱い自分が。こんなにも若宮を好きで、別れようと言ったそのすぐあとに、浅ましいほど乱れてしまう自分が恥ずかしくて泣けてくる。

すると。

「早瀬、苛めて悪かった。反省している。たのむから泣かないでくれ」

すがるように囁き、若宮が肩を抱きあげる。早瀬は両手のすきまから若宮を見た。

涙に潤んだ視界に、困ったような顔をしている男の顔がぼんやりと映る。

髪に指を絡め、こめかみに唇を落としながら、そっと優しく呟いてきた。

「おれはいつもきみに救われているんだ。もっと自分の時間を大切にしろと言ってくれるきみが好きだ。おれに負担をかけまいとしてくれるきみがかわいい。だから、きみの気持ちが知りたかった。それだけだ。だからたのむから泣くのはやめてくれ」

「そんなこと……今までひと言も言わなかったくせに」

手のひらで顔を隠したまま、早瀬は責めるように言った。

「おれにだってプライドがあるんだ。好きだ、愛していると言っても、何の反応も示してくれない相手に、そこまで言えるか」

手のひらをほおまでずらし、早瀬はうらめしげに若宮を見あげた。

じっと濡れた目で見つめる早瀬に、若宮は目を細めて低い声で言う。

「安心しろ。おれはきみを離さない」

その言葉にうなずき、早瀬は若宮の背に手をまわしていた。

きて……と耳元で小さく呟いた早瀬に、若宮が浅く息を呑む。

「きみは思ったよりもすなおでかわいい性格をしているんだな」

その声の、ほっとしたような甘い優しさに、息苦しさの中でうっすらとまぶたをひらき、早瀬は横目で男を見あげる。

宵闇の中、若宮のまなざしと顔の輪郭だけが浮かびあがっていた。

そのほおを、まだ涙の乾ききっていない手のひらで包み、早瀬はすがるように言った。

「身も心も……ください」

そう言った瞬間、若宮が上着を脱いでのしかかってきた。

腰が引きよせられ、さきほどまでの愛撫で弛緩されていた秘部に硬い屹立が触れるのがわかった。

答えの代わりに、ゆっくりと若宮が内部に入りこみ、鋭い摩擦《まさつ》と圧迫感に、再び躰の中心が昂ってくる。

深く奥を抉られ、早瀬は若宮の肩に爪を立て、腰から突きあがってくる圧迫感に耐えた。

「あ……あぁ」

貫かれるたびに広がる甘い痺れ。こすれ合った場所が怖くなりそうなほど熱くて苦しい。

なのにそれをのがすまいと、早瀬の内側が若宮を締めつけ、ずぶずぶと奥に引きずりこんでいく。

「んんっ……あっ……あぁ」

骨張った指に首筋や胸を揉みしだかれ、啜《すす》り泣くような声があがる。

愛しい、と思う相手とひとつに結ばれている喜び。ただそれだけで身が打ち震える。

もう絶対に離さない。傷つくことを恐れて、離れはしない。傷ついてもいいから、そばにいられるかぎりそばにいたい。そんな思いに衝き動かされ、早瀬は若宮に腰をすり寄せていった。

律動ごとに結合した場所から汗とも蜜ともわからない雫があふれ出し、早瀬の腿を伝っていく。

繋がりが深まり、甘苦しい愉悦に四肢をよじって身悶える。摩擦し合う肌の間から汗が滴って落ちていく。

肌と肌がすきまなく密着し、たがいの体温がたがいの間で溶けあう。そのぬくもりに皮膚の隅々までが満たされ、やがて、ゆっくりと緩慢に躰が突きあげられた。

「ん……んっ」

律動をくり返し、粘膜を摩擦しながら奥を抉られる甘い痛み。こすられるたびにそこが熱を孕み、熟れた内壁が収縮をくり返して男に吸着していく。

「あ……あぁ」

男の背に爪を立て、早瀬はなやましげな声をもらした。内側を抉る角度が変わるごとに躰中を渦巻く快楽に酔わされていく。

障子越しに半月が差しこみ、重なって揺れ動く二人の影を砂壁に刻んでいる。

躰を揺さぶられるたびにいっそう激しく自分の粘膜が蠕動《ぜんどう》して男を呑みこんでいく。

男の存在を内部に引きとどめたくて、内壁が緩慢に男を揉み立てている。

若宮が愛しい。もう終わりだと思ったとき、あたりが真っ暗になるような気がした。誰かに思われ、誰かを思うという、人を恋《こ》う気持ちがこれほどまでに自分に必要だと知ってしまえば、愛しい男の腕の中で乱れずにはいられない。

肌の内側に秘めていた血が滾《たぎ》って、今にもほとばしりそうになっている。

「おれだけに縛られていろ。きみがおれを灼きたいというなら灼かれてやるから」

ふと耳に響いた声に、早瀬はうっすらとまぶたをひらく。

睫毛の間から見える若宮の端整な顔。憎しみも淋しさも嫉妬も不安も……そんなもろもろの感情をすべてぬぐい去ったとき、自分の中に残るのはこのひとを愛しているという感情だけしかない。

「わ……か……ああ……っ」

声にならない声をあげて、若宮にしがみつく。深く繋がり、こすれあう皮膚の間から腿に濡れた雫が落ちていった。揺り返すような律動のくり返し。その甘く狂おしい感覚の中に意識が溶け落ちていく。内側を抉る男の熱にこのままずっと縛られていきたい。

「あ……はあ……ああっ」

強く激しく縛って欲しい。もっともっと束縛して、永久に放さないで欲しい。

ようやく自分を愛してくれる人間と出会えた幸福を噛み締めながら、早瀬は月下美人の花が萎れる朝がくるまで、若宮の腕の中で心のままに溺れ続けた。

一斉に鳴く蜩の声に、うっすらと目をひらく。東の空からまばゆい朝日が中庭に明るく降り注いでいた。襦袢をしどけなくはおった姿のまま、早瀬は夢心地で、縁側に横たわって若宮の腕に躰をあずけていた。萎みかけた月下美人が最後の香りを縁側へと運んでくる。

昨夜はどのくらい求め合っていたのだろうか。気がつくと、朝がきていた。

手のひらににぎったままの弁護士バッジの存在を感じながら若宮にもたれていると、ふわりと指先がほおに触れた。

「明日、家でもさがしにいこうか」

突然の言葉に、早瀬は夢から覚めたような面持ちで若宮を見あげた。

「……家？」

「そう。おれときみが年を取ってから住む家。ゆくゆくは、この街でのんびりと庭でも眺めながら、きみと暮らすのも悪くないなと思って」

気の早いひとだ。と、あきれたように笑う早瀬に、若宮が半身を起こして訊いてくる。

「早瀬、もう試用期間は終わってもいいな？」

早瀬は若宮の琥珀色の眸を見つめた。この男の眸。自分を見透かし、たやすく心を絡め取ってしまう眸。それがひどく怖い気もするのだが、その根底に深い愛情が流れていることがわかってしまえば、この眸を愛しく感じる自分がいる。早瀬は手のひらの弁護士バッジを若宮に差しだした。

「いらないのか?」

と、問われ、早瀬はうなずいた。こんなものがなくても、このひとがこれを託してくれた気持ちだけでいい。元より自分はこのひとの大切なものを奪うことは望んでいない。

いつもきみに救われている――と若宮が言ったとき、自分も救われる気がした。このひとに必要とされていることがわかり、この心に潜む負の感情を浄化したのだ。

真実の愛。それが胸の奥から冷たい泥や醜い焔を消し去り、きわめて純度の高い、澄み切った湧き水のような愛しさだけを滔々《とうとう》と躰の底に染みこませた。

「これは必要ないです。あなたはこれを手放してはいけません。かっこいい時間がもっと短くなってしまいますし……その気持ちだけで十分ですから」

早瀬は無表情で続けた。

「試用期間も終わることですし、東京に戻ったらいろいろと同居の条件を出していいですか?」

「あ、ああ。たとえば?」

若宮は眼鏡の奥の目を眇めた。その横顔をななめに見あげ、淡々とした声で言う。

「ひとつ、洗濯は一品につき五百円、むだなものを購入してきたときは即行《そっこう》でクーリングオフする、煙草はやめる……などです。どうでしょう？」

「どう……と言われても……」

若宮が頭をくしゃくしゃとかきむしる。早瀬は意地悪く微笑した。

「それがいやなら、同居の話はなかったことにしましょう」

「わかった、了承しよう。その代わり、おれも条件を出していいんだな」

笑みを見せる若宮に、早瀬はこくりとうなずいた。

「ええ、対等でなければ同居の意味がありませんからね」

「じゃあ、ひとつ。寝室は一緒にしてもいいか」

「はい……そういう許可は求めなくてもけっこうです」

これまでも一緒に寝ているではないか、と反論したい気持ちをとどめ、早瀬はしらりと返した。

「きみがうそをついたときは、また縛っても怒らないか？」

「それは……しかたありません」

どうせうそをついてもばれてしまうのだから、今後、自分がうそをつくことはないだろう。

「一カ月に一度くらいは、愛していると言ってくれるか」

「はいはい」

くだらない条件に、早瀬は辟易し始める。ためいきをつく早瀬のあごを若宮の手が引きあげる。

「それから、この綺麗な首に、首輪をつけてもいいか？」

「だから許可は必要ないと……」

と、言いかけ、早瀬は言葉を止めた。前髪のすきまから、さぐるように若宮を見あげる。

「……今、何て言いました？」

なにかとんでもないことを言われたような気がする。

そう、首輪……と言われた気がするのは自分の思いちがいではないはずだ。

前髪のすきまから、さぐるように見あげる。悠然と優雅な笑みを浮かべ、若宮が言う。

「許可は必要ないんだろう？」

しばらく硬直してその双眸を見たあと、ふっと顔をほころばせ、早瀬は若宮の肩に頭をあずけた。

「適度な餌と、温かい寝床を与えるのをお忘れなく」

もうとっくにつけているくせに――。そう、あのストラップを首にかけたときから。

いや、ちがう。ある日、自分を呼び止め、「好きだ」と言ってきたときから。

「忘れたときは、遠慮なくおれを灼いてくれ」

そう言って若宮がこめかみに唇を近づけてくる。けれど急になにか思いだしたように動きを止めた。そういえば……と起きあがり、若宮がどこからともなく小さな土産袋を取りだす。

その袋を見た瞬間、早瀬の眉間に反射的にしわが刻まれていた。

「まさか……また、なにかむだなものを……」

「……何となく、きみと聞きたくなってね」

温かな笑顔を見せ、若宮は袋の中から小さな風鈴を取りだして軒先に吊した。

次の瞬間、ちりん、と、朝の風に乗って銅風鈴が響く。早瀬は硬直し、息を呑んだ。

さわやかで優しい響き――。

夢とはまるでちがう、その安らかな音色に、早瀬はまなじりが熱くなるのを感じてうつむいた。

「やっぱり……返しにいったほうがいいか？」

怒っていると勘ちがいしたのだろう、遠慮がちに訊く若宮は、何ていじらしくも愛らしい男なのだろう。この男はいつもそうだ。早瀬は首を左右に振って、ほほえみかけた。一瞬、驚いたように、若宮が片眉をあげる。

不思議そうに自分を見ている男の姿を見あげ、早瀬は優しい声をかけた。

「若宮さん、ゆっくり年を取ってくださいね」

「それは……おれがオヤジになるのを恐れているからか？」

「いえ。私のほうが若いですから……あなたがゆっくり年を取ってくれないと、餌と寝床を与えてくれるひとがいなくなって困るんです」

すがるように言う早瀬の言葉に、若宮は切なそうに目を細める。しかしすぐに表情をやわらげた。

隣に腰を下ろし、若宮はかすかに潤んだ早瀬のまなじりを指でぬぐったあと、手のひらでほおをすくい取り、そっと自分の胸へと引きよせる。

「大丈夫。独りにはしない。おれのほうがきみより長生きするから」

包みこむような声で言う男の言葉に、早瀬は安心したようにまぶたを閉じた。

独りにはしない。独り――ではない人生がどういうものか、今はまだ想像もつかないが、若宮と二人で紡ぐ未来ならば、きっと優しくて幸せなものになるだろう。

そう、風に揺れる風鈴の、この澄んだ音色にも似て――。

愛は虎の子を救う

「早瀬《はやせ》、きみと若宮《わかみや》に、アメリカからの大切な相手の接待を頼みたいのだが」

冴木《さえき》社長にそう言われ、京都《きょうと》出張を命じられたのは、早瀬と若宮が同居を始めて数カ月のことだった。

社長は若宮の親友だ。ふたりが付き合っていることくらい知っているだろう。一緒に出張だなんて公私混同にならないか懸念したが、京都出身で英語が堪能な社員は早瀬しかいないし接待相手がぜひガイドには若宮をと指名してきたので、ふたりで接待するしかないだろう。

ということで、ある晴れた紅葉《こうよう》の日の朝、早瀬は若宮とともに京都にむかう新幹線に乗った。接待相手よりも一日早く京都に行き、ガイドをするコースに問題がないか、先にチェックするようにと社長から言われたからだった。

——またこの男と京都にくることになるとは……。

新幹線のなかで、タブレットをひらき、早瀬がガイド予定の禅寺《ぜんでら》の由来や臨済宗《りんざいしゅう》の特徴や仏の教えについてガイドができるよう確かめ、英語での翻訳等を考えていると、隣席の若宮も同じようにタブレットを開け、気むずかしそうな顔でメールを打っていた。

急な出張なので、なにか弁護士としての業務のほうで問題でもあったのだろうかと案じながら横目で見ると、そこに意味不明な文字が書かれているのが見えた。

——ええっと……読経《どきょう》をする度胸がある相手は、同郷の人……？

これはもしや。しまった……まずい。見なかったことにしよう。誰となにをやっているんだ、出張に行く途中なのに。しかもいつになく冴えていない、レベルの低いダジャレだ……。

内心で呆《あき》れて肩を落とし、早瀬は自分のタブレットに視線をもどした。

京都に着くまでの二時間強、隣の席は見ないようにしよう。

そう決意し、それからタブレットに集中し、英語でそらんじられるほど禅寺について詳しくなったころ、ちょうど新幹線が京都駅に到着した。


「こちらです。ここが案内する寺に一番近い地下鉄の駅です」

地下鉄の駅をのぼりつめ、古いレンガ造りのトンネルを抜けると、目の覚めるような鮮やかな真紅《しんく》の紅葉に覆われた東山《ひがしやま》の風景が広がっていた。

そこから紅葉に覆われた細道を五分ほど通りぬけ、サスペンスドラマでよく使用されている巨大な三門《さんもん》からさらに奥へとむかう。

「駅からここまで、普通に歩いて徒歩七分といったところでしょうか。歩いたとしても悪くない距離ですね」

早瀬はぼそりと呟《つぶや》き、スマートフォンで時刻を確認した。そのあと、そこからさらに坂道をのぼりつめたところにある庭園を見学するまでの時間を確かめなければならない。

「早瀬、待て。まわりの風景を楽しむ時間を入れるんだ。誰もがきみと一緒だと思うな。記念写真を撮る時間も入れないと」

「わかりました。では、その分は若宮さんのほうで計算してください。私は、必要最低限の時間の確認をしますので、あとからそこに若宮さんが算出した時間を足せばちょうどよくなるでしょう」

日本の禅に傾倒している会長夫妻からは、禅寺での宿坊《しゅくぼう》体験と湯豆腐《ゆどうふ》というリクエストがきていた。紅葉のシーズンなので宿坊がとれるか不安だったが、寺院側の配慮で、早瀬と若宮は二泊、会長夫妻には一泊、それぞれ広めのツインの部屋を用意してもらえた。

「早瀬、それにしてもどうして会長夫妻を案内するのに、京都駅から蹴上《けあげ》駅まで地下鉄なんだ。あまりにも失礼ではないか。ハイヤーを手配しろよ」

「若宮さん、あなたは観光シーズンの京都の恐ろしさを知りませんね。ふだんは十分で移動できるところが一時間も二時間もかかるんですよ。時間の無駄になります」

「さすが、京都人だな。京都嫌いだから、そういうことなんて興味がないのかと思ったが」

誉《ほ》められているのか、からかわれているのかわからないので、早瀬は彼を無視してすたすたと奥の庭へむかって歩いた。

「ここが方丈《ほうじょう》という建物ですね。国宝になっています。宿坊に泊まった希望者にだけ、重要文化財のある御堂のなかでの朝のお勤めへの参加が許されます。もうひとつの暁天座禅《ぎょうてんざぜん》への参加は、宿泊者でなくても大丈夫のようですが」

建物の入り口で靴を脱ぎ、真横の緋毛氈《ひもうせん》の敷《し》かれた和室でお茶席がもうけられていることを確認する。値段は五百円、出される和菓子は、ネットで美味《おい》しいと評判だった。ひととおり案内したあと、ここでお茶席を楽しんでもらうのも悪くないだろう。

そんなふうに考えながら、建物の奥へと進み、「虎《とら》の子渡《こわた》しの庭《にわ》」と呼ばれている庭へとむかう。

真っ白な石が敷き詰められた庭は、ちょうど河が流れているように見える形に整えられている。その河を虎の母親が子供をどうやって渡らせるかということが示されているので「虎の子渡しの庭」と言われているのだ。庭の片隅には、純白の石とコントラストを描いたような、血のように赤い紅葉が一本。西側には本堂の壮麗な屋根瓦が見え、夕陽の時間帯だと、なにもかもがさぞ美しく映えるだろう。

――では、ここを案内するのは夕暮れどきがいいな。幸いにも明日は晴れだ。夕焼けが黄金色にこの白い庭を染め、紅葉の色をいっそう美しく感じさせてくれるはずだ。

脳内でそのようなことを計算していると、隣でスマートフォンを使って庭の写真を撮っていた若宮が、ふと思いついたように問いかけてくる。

「この庭の石が激流をたとえているのだとしたら、母親の虎は、どういう方法で三頭の虎の子供を対岸に渡すことかできたんだ？　一気に三頭も運べないだろう？」

問いかけられ、早瀬は「え……」と眉をよせた。

簡単に専門のサイトで調べたが、激流が流れているところ、母親の虎が三頭の虎の子を対岸に渡すのをイメージして作った庭だという説明しか書かれていなかったはずだが。

「確かに……一気に三頭も運ぶのは無理ですね。口で銜《くわ》えることしかできませんから」

さすがに人間ではないのだから、一頭を口に銜え、一頭は背負って、一頭は腹に抱いて河を渡るなんてことはできないだろう。

「しかも、その虎の子供のうち、一頭はどうしようもなく凶暴で、母虎の目がないと、他の二頭の虎たちを食べてしまうかもしれないんだろう？　それなのに、母虎はどうやって三頭とも無事に対岸に渡すことができたんだろうな」

腕を組み、しみじみと言う若宮を早瀬は忌々《いまいま》しい気持ちで見つめた。

——この男……もしかして、私よりも詳しいんじゃないのか？　私の調べたサイトでは、そこまで詳細には載っていなかったぞ。

東京《とうきょう》から京都まで二時間ちょっとしかなかった。禅の細部まで調べるのは無理だったのだが、あとでもう少し調べておく必要があるだろう。明日、会長夫妻からそんな質問をされる可能性がないともいえない。

「わかりました。あとで調べておきましょう」

「調べなくてもいいさ。答えは簡単だ、ちょっと考えたらわかるじゃないか」

「え……」

眉間をよせ、斜めに見あげると、若宮がふっとおかしそうに笑って早瀬のほおに手を伸ばしてきた。

「考えたらって……ではどうやって、母親の虎は、三頭の虎の子を対岸に渡したのですか？一頭も死なせずに……ですよね？」

「じゃあ、きみならどうする？　きみが母親の虎なら、どうやって、三頭の子虎たちを無事に運ぶ？　一頭も欠けさせずに」

そう問われ、早瀬は小さく息をついて、目の前の真っ白な石の庭を眺めた。

その光景を想像してみる。母親の足下にいる小さな虎三頭。一頭は凶暴で、他の二頭を殺しかねない。

たとえば、一郎《いちろう》、次郎《じろう》、三郎《さぶろう》という名前でわかりやすく考えてみる。一郎が凶暴だとしよう。まず凶暴な一郎を一番に運ぶ。次に次郎を運ぶ。そうすると三郎をとりにいっている間に次郎が殺されてしまう。ではこれはどうだ。次郎を先に対岸に運ぶ。いや、駄目だ、その間に三郎が一郎にやられてしまう。

「どのみち、どういう順番に運んだところで、無駄だということですね。つまり、答えは、世の中、所詮は弱肉強食、ここで兄弟虎に勝てないようでは、この世の中を生きていけないということではないのですか。虎の子渡しとは、そういう厳しい仏の教えなんですよ」

早瀬の言葉に、若宮が目をぱちくりさせる。

その反応からすると、間違った答えを言ってしまったらしい。

「これはびっくりした。実にきみらしい答えだが……そうきたのか」

腕を組み、くすくすと笑う若宮に、早瀬は舌打ちしたい気分になった。

「要するにまちがっていたわけですね」

「いや、それはそれでおもしろいじゃないか。合理的なきみならではの答えだ」

「相当、イヤミに聞こえます」

「イヤミじゃない、誉めているんだ。きみらしいというか、何というか」

完全にバカにしている。

早瀬はムッとした顔で若宮にくるりと背をむけて、虎の子渡しの庭からその先にある回廊《かいろう》へとむかった。

やたらと虎の絵が描かれた部屋がある。狩野派《かのうは》の有名な絵らしいということは調べたが、先程の虎の子渡しの庭同様に、それがどういう意味の虎なのかまで、早瀬はまだ調べていなかった。今夜のうちに早く調べよう。

「おい、早瀬、そんなに早く歩くな。こんなに素晴らしい国宝の絵があるのに」

また絵を見て、いろんなうんちくを口にされ、またバカにされるのかと思うとシャクに触るので、早瀬は彼がなにか口にできないほどの早足で襖《ふすま》の絵が並んでいる回廊を進んだ。

すると、今度は山ぎわ一面が真紅の紅葉に包まれたとてつもなく美しい風景の庭にたどりついた。

空気は澄み切り、幾つもの大きな石や苔《こけ》、それに大きな鯉《こい》が遊泳している池もあり、極楽《ごくらく》とはこのような世界かと思うような世界になっていた。

「美しいな。きみと浄土《じょうど》のような世界を楽しむことができてうれしいよ」

後ろからついてきた若宮が早瀬の肩に手をかけてくる。

「そんな恥ずかしい台詞《せりふ》を言う前に、さっきの答えを早く教えてください。虎はどうやって、三頭とも無事に対岸に渡したのですか」

「きみはまだ答えがわかっていないのか」

片眉をあげ、さも意外そうに問いかけられ、早瀬はその足を踏みつけてやりたい衝動に駆られたが、とにかく早く答えを知りたかったので若宮を急《せ》かした。

「すみません。あいにく私には先程の合理的な答えしか思いつきません」

「簡単なのに。きみがその凶暴な子虎だと思えば、すぐに俺には答えがわかったよ」

凶暴なは余計だが……。

「どういうことでしょうか」

「母親虎は、俺。おとなしい二頭の子虎は、きみのお兄さんと柊一《しゅういち》くんということにしよう。俺はとにかくきみを助けたい。凶暴なきみに、お兄さん殺しや柊一くん殺しの罪を犯させたくない。だからまずきみを対岸に運ぶんだ」

「はあ」

「それで対岸にきみを置いたまま、もとにもどって、次にきみのお兄さんを運ぶんだ」

「はあ……」

「そうしたら、きみのお兄さんを対岸に置いて、もう一度、きみを銜えて、もとの場所にもどるんだ。そして、今度はきみをその場に置いて、柊一くんを銜える」

あ……そういうことか。その瞬間、意味がわかった。

「柊一くんを銜え、対岸に運んだあと、もう一度、今度は俺一人で河を渡って、もとの場所に残したきみを迎えに行く。そうすれば、きみは誰も傷つけずに済む」

どうもひどい言われ方をしているようだが、確かにそうすれば、どの子虎も傷つかずに済む。無事に三頭とも対岸に運ぶことができる。

「意味はわかりましたが、それでは、あなたがしんどい思いをするだけではないですか。凶暴な私のために、そんな面倒くさいことを何度も……」

「それが仏の慈悲《じひ》だという教えなんだよ。どんな衆生《しゅうじょう》をも救うのが仏だ」

厳しいのではなく慈悲……。

「それに確かに面倒だが……きみの面倒くささは筋金入りだ。きみを口説くよりも、河を三往復するほうがずっと楽だ」

「え……」

「言っただろ、凶暴な虎がきみだと思ったら、すぐに答えがわかったって。そう思ったとたん、面倒なことも楽しいと思えたんだ。きみを抱いて、河を三回渡るんだぞ。そんな楽しいことはないじゃないか」

真顔で、しかも楽しそうに言われると、面倒くさくて悪かったな、凶暴で悪かったなと言えなくなってしまう。

——確かに……私なんかとつきあったりして……あなたは本当に慈悲深い男ですからね。

そう、そんな男だから好きになった。

そんな男だから、誰にも見せなかった弱さを見せてしまったし、そんな男だからこそ、何カ月も一緒に住むことができている。

毎日、この男と過ごす時間が楽しくて、公私混同だと思いながらも、この出張に密かな楽しみを抱いていたのも事実だ。

——だから早めにいろいろと確認して、仕事を済ませて……ゆっくりとこの人と過ごしたいなんてことまで考えていたわけだが。

もちろんそんなことを言うと、明日は雪だ雷だと言いだしかねないので、絶対に言う気はないが、その分、今夜、久しぶりに和服でこの男と床を共にしたときに、ちょっとした奉仕くらいはしようかなどということも考えていた。

——もちろんもちろん……絶対にこの男に教える気はないけど。

そんなことを考えながら紅葉を見あげていると、若宮が早瀬の顔をのぞきこんできた。

「どうした、疲れたのか」

「あ、いえ、では次の場所に移動しましょうか。会長夫妻は、湯豆腐をご所望されています。この近くの店に確かめに行って。そのあとチェックインの時間になりますから、先に宿坊に行って、チェックインしませんか」

「どうだ、もういっそそのまま風呂にでも入ってゆっくりするのは？」

「それはいけません。会長夫妻は、夜は祇園《ぎおん》での御茶屋《おちゃや》遊びを希望されています。祖母のところに挨拶《あいさつ》に行って、きちんと予約をとらないといけませんから」

「わかった、じゃあ急ごう」

そして方丈《ほうじょう》という御堂から出て、湯豆腐の店にむかう途中、ふと若宮が思いついたように問いかけてきた。

「そうだ、明後日の朝だが、どうするんだ、きみも座禅に参加するのか？」

「当然です。暁天《ぎょうてん》座禅は会長夫妻の希望ですよ。私もあなたも一緒に参加するに決まっているじゃないですか」

「俺たちも一緒に暁天座禅か。それはびっくり仰天《ぎょうてん》だ」

若宮の言葉に、早瀬は一瞬足を止めた。

そして眉をよせ、じっと彼の顔を見あげた。

「今、何と――」

「え……暁天座禅に参加するとは、びっくり――」

と言いかけた若宮の口を手のひらで押さえ込む。

「もうけっこうです、もうこれ以上、耳にしなくても大丈夫です」

「……だが」

「それ以上言ったら、二度とキスしませんよ」

「待て……それは困る」

「だったら、もうナシです。この旅行中、ダジャレはナシですからね」

しゅんとした若宮を見ていると、少し申しわけない気分になってくるが、そういう姿すら愛おしく感じられるようになっている自分が不思議だった。

「さあ、早く済ませて、今夜は早く休みましょう」

美しい紅葉、澄みきった秋の空、そして束《つか》の間のふたりだけの時間。

自分のような面倒な男を、最後まで面倒みてくれるのは、本当に若宮のように慈悲深い人間でなければ無理だろう。そんな男と出会えことに感謝を抱けている自分の心の余裕が嬉《うれ》しかった。こんなふうに思いながら、故郷で彼と過ごすことが。

それでもダジャレだけはまだ許せない……と思いながら。

あとがき

こんにちは。こちらの本をお手にとって下さって本当にありがとうございます。

仕事のできるヤメ検弁護士の若宮《わかみや》と、エリート社員の早瀬《はやせ》が主役。スレイヴァーズシリーズの脇キャラなので、一緒に文庫化して頂けましたが、これはこれで読めるような単品になっています。どうぞよろしくお願いします。

実は、この話の初稿、信じられないことに、シリアスな、ローカル放送の2時間サスペンス風ハードボイルドだったのですよ……。クールでかっこいい早瀬がスパイのように活躍しながら何度も危険に晒され、若宮が法廷で知恵を使って一発逆転……みたいな。ところが担当様から「待った」が入ってしまって。本編が重い上に、並行して雑誌に「シナプスの柩《ひつぎ》」という重い話を発表したばかりなので、「イメチェンして、もう少しライトに」というご指示があり、さらにその第一歩として「オヤジギャグ」を入れろという密命が……。当時、私はオヤジギャグ自体知らなかったのですが、それでも無知なりに「オヤジやギャグという言葉がつくものは……あまり取り入れたくないです」と新人ぽく、可愛い（？）抵抗を試みたのですが、勿論逆らうことは許されず……。気弱な私は、書店でダジャレ辞典を買って勉強し、銀行や商社勤務の友人に相談し、彼女らの上司が多用するオヤジギャグを取り入れることに。当時、若宮より年下だった私は嫌で嫌でしょうがなかったのですが……彼の年齢を軽く超えた今では、なにも気にならなくなってしまいました。不思議ですね……。国会議員小説で「国会議事堂が見ています」と書くことになったときも、当時は泣いてしまうほど嫌だったのですが、今では開き直り、同人誌で「ホワイトハウスが見ています」と自虐ネタを書いてしまいましたし。慣れなのか年齢なのかわかりませんが……そんなわけで、書き下ろしにもちょっとだけオヤジギャグを入れました。作中のギャグと、いい場面がなくて入れられなかった「仏教徒は不器用」というギャグは当時の担当様に捧げます（ふふ）。

そうそう、このお話、新書化のときにものすごく時間をかけたので、文庫化のときは修正が少なくて済むだろうと考えていました。ただ一箇所、ほんの数行のことですが、ここだけは何があっても自分の意見を通すべきだったと悔いが残っていた部分がありまして、初稿から十数年経った今も心に引っかかっていたため、思い切って直してしまいました。今頃、すみません。あ、でもオヤジギャグの部分ではないので、お好きな方は、どうかご安心を（笑）。

麗しくも官能的な早瀬と頭の良さそうな若宮を素敵に描いて下さった雪舟薫《ゆきふなかおる》先生、オヤジギャグの世界を教えて下さった雑誌の担当様、書き下ろしで京都を書かせて下った担当様、そして今回の優しい担当様、編集部の皆様、本当にありがとうございました。

読んで下さった皆様にも心から感謝しています。この二人の恋、少しでも楽しんで頂けたら嬉しいのですが。よかったら感想など、一言でも教えてくださいね。

✦初出　フリージング アイ……………リンクスロマンス（2004年12月）加筆修正
愛は虎の子を救う ……………書き下ろし

華藤えれな先生、雪舟 薫先生へのお便り、本作品に関するご意見、ご感想などは
〒151-0051 東京都渋谷区千駄ヶ谷 4-9-7
幻冬舎コミックス　ルチル文庫L「フリージング アイ」係まで。

幻冬舎ルチル文庫L

フリージング アイ

2016年3月20日　　第1刷発行

✦著者　華藤えれな　かとう えれな

✦発行人　石原正康

✦発行元　株式会社 幻冬舎コミックス
〒151-0051 東京都渋谷区千駄ヶ谷 4-9-7
電話 03(5411)6431[編集]

✦発売元　株式会社 幻冬舎
〒151-0051 東京都渋谷区千駄ヶ谷 4-9-7
電話 03(5411)6222[営業]
振替 00120-8-767643

✦印刷・製本所　中央精版印刷株式会社

✦検印廃止

ISBN978-4-344-83691-4　C0193　Printed in Japan

幻冬舎ルチル文庫

大好評発売中

発行◆幻冬舎コミックス　発売◆幻冬舎

幻冬舎ルチル文庫
大好評発売中

イラスト
雪舟 薫
本体価格660円＋税

スレイヴァーズ デディア

華藤えれな

使用人の冴木鷹成に会社を奪われ、「奴隷」として陵辱を受けている社長令息の倉橋柊一。初めは屈辱しか感じなかった奴隷生活だが、冴木に幾度となく危機を救われ、彼の真の想いを知ったことで次第に冴木を愛するようになっていった。早く彼と対等になりたいと願う柊一は、社内のパリ研修に志願するが、なぜか冴木に反対されてしまい…。

発行◆幻冬舎コミックス　発売◆幻冬舎

幻冬舎ルチル文庫 L

大好評発売中

イラスト
佐々木久美子
本体価格660円+税

「リミット」

水壬楓子

人材派遣会社「エスコート」の調査室に所属する柏木由惟は二年前までは優秀なガードだったが、ある任務中に相棒の名瀬良太郎をかばい、足の自由を失ってしまう。以来、良太郎は献身的に由惟につくし、いつしか世話の一環として抱くようにもなっていた。しかし密かに良太郎を好きだった由惟は悦びを感じる反面、縛り付けている後ろめたさも感じ——!?

発行◆幻冬舎コミックス　発売◆幻冬舎